本書內容兼具“深度”與“廣度”，

完整收集：

◎ 大量的生活詞彙
◎ 12 大領域、90 種分類疑難漢字
◎ 國內外辭典、報刊文章常用語
◎ 日本社會常用詞彙、時下新興詞語
◎ 教育、時事、新聞、廣播媒體術語
◎ 日語檢定常考詞語
◎ 特殊發音的詞語
◎ 無法見字辨意的詞語

一書在手，

日語漢字難不倒你！

作者序 はしがき

《容易誤用、誤讀的日語疑難漢字 3700》這樣的漢字手冊，是長期以來我一直非常想擁有的日語學習工具書。記得我在大學攻讀日語時，每次考試前，為了克服考試的陷阱題，我都要整理出好幾百個特殊發音的日語漢字詞彙，逐一反覆記憶。不過，從厚厚的辭典中找出這些詞彙，實在費時又不便。當時我心想，如果能有一本書，彙整了所有特殊發音的漢字單詞，那該有多好！

繼我的《日本語漢字用語速查手冊》在臺灣、日本、中國大陸出版，並獲得廣大讀者好評後，我花了數年時間繼續編寫這本《容易誤用、誤讀的日語疑難漢字 3700》。這本書的出版不僅可以完成我20歲時的夢想，也希望可以給廣大的日語學習者，提供一本精進日語能力不可缺少的工具書。

《容易誤用、誤讀的日語疑難漢字 3700》全書共收錄約 3700 個詞語。首要注重的詞語是：

(1) 日語能力測驗中，出題頻率高的詞語。
(2) 華人學習日語時，容易弄錯意義的詞語。
(3) 華人學習日語時，不容易記住發音的詞語。

本書檢索方便，由以下四個部分組成：

PART 1 【90 分類】的疑難漢字
PART 2 【特殊唸法】的疑難漢字
PART 3 【無法見字辨意】的疑難漢字
PART 4 【四字熟語・三字熟語・諺語・慣用語】

這幾年，日本政府著力於提昇國民的國語能力，眾多媒體也配合跟上，電視臺紛紛推出特殊讀音的漢字猜謎節目，獲得了極高的收視率。我因為完成了這本漢字手冊，對電視的猜謎題大都能正確回答，令我感到很欣慰。我也衷心希望讀者能夠因為擁有這本學習手冊，對於記憶日語疑難漢字的發音與掌握意義，都能有所精進；並有助於閱讀、或在日語能力測驗中獲得高分。

江麗臨

本書特色

1.

90 種分類

日用品

食衣住行

爪楊枝
つまようじ
牙籤。

合鍵
あいかぎ
備份鑰匙。

12 大領域

2.

無發音規則可循的！

【特殊唸法】的疑難漢字

千々
ちぢ
形形色色。

汝
なんじ
汝。爾。你。

3.

容易猜錯意思的！

【無法見字辨意】的疑難漢字

十八番	出鱈目
おはこ	でたらめ
拿手。得意的本領。	荒唐。胡扯。

4.

字典查不到的！

四字熟語・三字熟語
諺語・慣用語

二股膏薬	不承不承
ふたまたごうやく	ふしょうぶしょう
牆頭草。	勉強答應。

PART 1 90 分類的疑難漢字

◆—人類

◆—食衣住行

◆—文化

◆—生活

◆──天體・曆法

◆──自然現象

◆──人體・醫療

◆──植物

◆──食物

PART 3 無法見字辨意的疑難漢字

PART 4 四字熟語·三字熟語·諺語·慣用語

＊(註)“熟語” 是兩個以上的單語或漢字結合，所形成的詞彙。

PART 1

90分類的疑難漢字

- 人類
- 食衣住行
- 文化
- 生活
- 天體・曆法
- 自然現象
- 人體・醫療
- 植物
- 食物
- 動物
- 地理
- 文學・歷史

態度・處事

一途
いちず

專心。一心一意。死心眼。一味。

主面
しゅうづら

裝出一副自己是主人的神情。

三昧
ざんまい

聚精會神。專心致志。隨心所欲。任性。

叮嚀
ていねい

恭敬。說話有禮貌。做事周到。小心仔細。

不都合
ふつごう

不妥當。不方便。不像話。行為不端。作風惡劣。

生温い
なまぬるい

微溫。稍有熱氣。不徹底。馬馬虎虎。

不調法
ぶちょうほう

不周到。疏忽。過失。不會抽煙、喝酒。笨拙。

好気
いいき

無憂無慮。沾沾自喜。

不躾
ぶしつけ

沒禮貌。粗野。冒失。突然。

怪しむ
あやしむ

懷疑。覺得奇怪。

拗ねる

すねる

乖戾。鬧彆扭。任性。無理取鬧。

衒う

てらう

炫耀。誇耀。顯示。

畏まる

かしこまる

拘謹。正襟危坐。知道了（恭謹地接受命令的語氣）

跋扈

ばっこ

跋扈。橫行。

突っ慳貪

つっけんどん

用詞、態度粗暴。冷淡。不和藹。

愛想尽かし

あいそづかし

厭煩。嫌棄。

豹変

ひょうへん

突然改變態度或主張。

誇らか

ほこらか

自豪。洋洋得意。

訝し気

いぶかしげ

覺得可疑的樣子。懷疑。納悶。

嘲笑う

あざわらう

嘲笑。

態度・處事

翻す
ひるがえす

突然改變態度。翻過來。使飄動。躲閃。

厳つい
いかつい

嚴厲。冷酷。粗獷。不柔軟。不光滑。粗線條的。

猫被り
ねこかぶり

假裝老實的人。佯裝不知的人。

猫糞
ねこばば

做了壞事佯裝不知。將撿到的東西歸為己有。

疎か
おろそか

疏忽。草率。馬虎。不認真。

疎む
うとむ

疏遠。冷淡。怠慢。

鉄面皮
てつめんぴ

厚臉皮。厚顏無恥。

刺々しい
とげとげしい

說話不和藹。帶刺。

具體動作

反らす
そらす
身體向後仰。把東西弄彎。

屈む
かがむ
彎腰。蹲下。

手折る
たおる
摘採。使女人成為自己的情婦。

扇ぐ
あおぐ
搧風。用扇子搧風。

手繰る
たぐる
拉。追憶。回憶

梳る
くしけずる
梳。

手挟む
たばさむ
佩戴。夾在腋下或指間。

啜る
すする
啜飲。小口喝。抽。吸。

打擲
ちょうちゃく
打。揍。

詠う
うたう
吟唱。賦詩。列舉。強調。歌頌。謳歌。

人類

具體動作

雄叫び
おたけび

吶喊。

撓める
たわめる

弄彎。

微笑む
ほほえむ

微笑。（花朵）初綻放。乍開。

撮る
とる

攝（影）。照（相）。

睥睨
へいげい

睥睨。斜視。

窺がう
うかがう

窺視。偷看。看出。

跪く
ひざまずく

跪。跪下。跪拜。

頷く
うなずく

點頭。首肯。

漱ぐ
すすぐ

漱口。洗滌。

縋る
すがる

扶。靠。倚。抱住。依賴。

擦る
すする

摩擦。研磨。損失。消耗。

濯ぐ
すすぐ

洗滌。漱口。雪（恥）。

瞬く
しばたたく

眨眼。不斷眨眼。

薪
まき

劈柴。薪柴。木柴。

鍛冶
か

額ずく
ぬかずく

磕頭。叩拜。敬禮。

謳う
うたう

吟唱。賦詩。列舉。強調。歌頌。謳歌。

謦咳
けいがい

刻意咳嗽清嗓子。談笑。

蹲る
うずくまる

蹲

蹴立てる
けたてる

踢起。踢動。頓足。

具體動作

蹴飛ばす

けとばす

踢開。拒絕。

毟る

むしる

拔。揪。撕。

謡う

うたう

吟唱。賦詩。列舉。強調。歌頌。謳歌。

頬杖

ほ[illegible]づえ

手肘撐在[illegible]手托腮。

駈ける

かける

奔跑。

情緒

不得手

ふえて

不喜歡。不擅長。

毛嫌い

けぎらい

無故討厭。厭惡。

北叟笑む

ほくそえむ

竊笑。暗自偷笑。

好悪

こうお

好惡。喜愛和憎恨。

有頂天

[illegible]ょうてん

[illegible]意洋洋。

泣哭

きゅうこく

號啕。放聲大哭。

嗤う

わらう

嘲笑。嘲弄。奚落。

苛々

いらいら

焦躁。刺痛。

嫌気

いやけ

不高興。不耐煩。

苦々しい

にがにがしい

非常不痛快。非常討厭。

愁い

うれい

憂鬱。憂慮。憂傷。悲嘆。

逆鱗

げきりん

逆鱗。天子的震怒。上級的不快。

業腹

ごうはら

大怒。滿腔怒火。

愉しむ

たのしむ

愉快。欣賞。享受。期待。

慟哭

どうこく

放聲大哭。

情緒

魂消る

たまげる

吃驚。嚇一跳。

憤怒

ふんぬ

憤怒。怒氣沖沖。

噎び泣く

むせびなく

抽抽嗒嗒地哭。啜泣。

臆病風

おくびょうかぜ

膽怯。害怕的樣子。

嬉々

きき

歡喜。高興。

鬱憤

うっぷん

積憤。積恨。

憂い

うれい

憂鬱。憂慮。憂傷。悲嘆。

号泣

ごうきゅう

嚎啕大哭。

憤る

いきどおる

憤怒。憤慨。生氣。

表情

上目遣い
うわめづかい

看人時眼珠向上翻。

強面
こわもて

可怕的面孔。

外面
そとづら

外表。待人的態度。表情。

得意顔
とくいがお

得意的面孔。

形相
ぎょうそう

令人害怕的面相。神色。

鼻白む
はなじろむ

露出怯懦的表情。

笑い顔
わらいがお

笑臉。笑容。

獰猛
どうもう

兇惡。猙獰。

笑顔
えがお

笑臉。笑容。

仏頂面
ぶっちょうづら

苦瓜臉。板著臉。哭喪臉。

表情

恵比寿顔
えびすがお

笑臉。如財神爺滿臉笑容。福相。

気色❶
きしょく

氣色。臉色。心情。

気色❷
けしき

神色。表情。情緒。様子。

渋面
じゅうめん

愁眉苦臉。

相好
そうごう

面孔。臉色。容貌。表情。

身形

大兵
だいひょう

體貌高大雄偉。彪形大漢。

小人
こびと

身材矮小的人。侏儒。從僕。

小兵
こひょう

身材矮小的人。小個子。

不死身
ふじみ

鐵打的身體。硬骨頭。不屈不撓的人。

甲高
こうだか

腳背高。手背高。

色白

いろじろ

皮膚白皙。

真裸

まっぱだか

赤身露體。一絲不掛。不隱諱。

足長

あしなが

長腿。長腳。

素っ裸

すっぱだか

赤身裸體。胸襟坦率。

長身白皙

ちょうしんはくせき

個子高挑皮膚白皙。

偉丈夫

いじょうふ

身材魁梧的人。

恰幅

かっぷく

身材。身段。體格。

逞しい

たくましい

魁梧。健壯。堅強。

体付き

からだつき

體格。體形。姿態。

華奢

きゃしゃ

苗條。別緻。俏皮。

身形

矍鑠

かくしゃく

年老而健壯。

図体

ずうたい

傻大個。

猫背

ねこぜ

駝背。

女性

乙女

おとめ

少女。小姑娘。處女。

刀自 *

とじ

老婦人的尊稱。

大和撫子

やまとなでしこ

溫柔而剛強的日本女性。

女房

にょうぼう

老婆。

女郎

めろう

娘兒們（罵人的話）。女孩子。

＊也可讀做「ひしゅ」。

女将さん

おかみさん

老闆娘。女主人。女掌櫃。我老婆（口語）。

母娘

おやこ

母女。

不見転

みずてん

藝妓等不擇對象為了金錢而買身。

玉の輿

たまのこし

女性嫁入豪門晉升富貴身份。華麗的轎子。

手弱女

たおやめ

窈窕淑女。婀娜女子。

尻軽娘

しりがるむすめ

輕佻的女子。

比丘尼

びくに

比丘尼。尼姑。

早乙女

さおとめ

少女。插秧的姑娘。

未通女

おぼこ

天真的姑娘。處女。

別嬪

べっぴん

容貌特別美的女人。美人。

女性

妓生
キーセン

朝鮮的官妓。

妻妾
さいしょう

妻妾。

巫女
みこ

巫婆。女巫。

姑
しゅうとめ

婆婆。岳母。

乳母❶
うば

奶媽。保姆。

花魁
おいらん

花魁，日本古代吉原遊廓中的高級妓女。

乳母❷
おんば

奶媽。

紅一点
こういってん

多數男性中唯一的女性。

妾
めかけ

妾。

郎女
いらつめ

姐兒。古代年輕女子的親暱稱呼語。

海女

あま

潛水採珍珠貝等的漁女。

媼

おうな

老媼。

鬼婆

おにばば

狠毒的老太婆。

愛妾

あいしょう

愛妾。

娼妓

しょうぎ

娼妓。妓女。

愛娘

まなむすめ

掌上明珠。寶貝女兒。

御局様

おつぼねさま

職場中資深女性，且是女性員工中位階最高者。

閨秀

けいしゅう

有才能的婦女。閨秀。

傾城

けいせい

傾城。比喻美人。妓女。

蓮葉

はすっぱ

荷葉。女人的行動舉止輕佻。輕浮。蕩婦。

女性

糟糠の妻
そうこうのつま

糟糠之妻。

嬶天下
かかあでんか

大女人主義。

醜女
しこめ

醜女人。

継母
ままはは

繼母。後母。

売女
ばいた

娼婦。無恥的女人。

市子 *
いちこ

巫女。在神前跳舞的舞姬。

＊也可寫做「巫女」或「神巫」。

姉御肌
あねごはだ

像老大姐那樣慷慨大方的脾氣。

嬶
かかあ

老婆。老伴兒。妻子。

男性

三一
さんぴん

年紀輕且地位低的武士。嘍囉。

古狸
ふるだぬき

老狐狸。老奸巨滑的男人。

女殺し
おんなごろし

讓多數女人傾心的美男子。

古強者
ふるつわもの

有戰鬥經驗的武士。有經驗的人。老手。

女蕩し
おんなたらし

玩弄女人的男人。

伊達男
だておとこ

愛打扮的男人。俠客。

子息
しそく

兒子。

弟弟子
おとうとでし

師弟。

兄弟子
あにでし

師兄。

男手
おとこで

男人的勞力。男人的筆跡。漢字。

男性

男伊達
おとこだて

俠義。男子氣概。

狸爺
たぬきじじい

狡猾的老頭。

男妾 *
だんしょう

情夫。

益荒男
ますらお

男子漢。大丈夫。勇猛的武士。壯士。

東男
あずまおとこ

日本關東男人。

荒武者
あらむしゃ

魯莽的武士。蠻不講理的人。粗暴的人。

弱冠
じゃっかん

男子二十歲。年輕。年少。

御曹司
おんぞうし

名門子弟。公子哥兒。公卿貴族。

息子
むすこ

兒子。男孩子。

豚児
とんじ

犬子。謙稱自己的兒子。

*也可讀做「おとこめかけ」。

間夫

まぶ

情夫。妓女的嫖客。

愛妻家

あいさいか

愛妻子的人。

舅

しゅうと

公公。岳父。

遊冶郎

ゆうやろう

浪蕩公子。浪子。

醜男

ぶおとこ

容貌難看的男子。

継子

ままこ

繼子。繼女。遭受排斥的人。

継父

ままちち

繼父。

二枚目

にまいめ

美男子。戲劇中的小生角色。

人品・個性

人品骨柄
じんぴんこつがら

風度儀表。

天狗
てんぐ

驕傲。自誇。自負。天狗。

人擦れ
ひとずれ

喪失天真。世故。

尻腰
しっこし

膽量。骨氣。毅力。

不行跡
ふぎょうせき

行為不端正。品行差。

好事家
こうずか

有怪癖的人。好事者。

五月蠅
うるさい

討厭。吵鬧。煩人的。愛嘮叨的。

朴訥
ぼくとつ

木訥。樸實寡言。

天邪鬼
あまのじゃく

脾氣彆扭的人。

含羞む
はにかむ

害臊。靦腆。羞怯。

依怙地

いこじ

頑固。固執。執拗。

為人

ひととなり

為人。秉性。天性。

性

さが

性情。本性。習慣。風氣。

狡猾

こうかつ

狡猾。

性根

しょうね

本性。天性。根性。

相性

あいしょう

緣份。性情相投。

沽券

こけん

人品。聲譽。體面。面子。身價。

胡麻擂り

ごますり

阿諛奉承的人。

律儀

りちぎ

耿直。忠實。

浮気性

うわきしょう

水性楊花。

人品・個性

狷介
けんかい

清高孤傲。

貪婪
どんらん

貪婪。

勘定高い
かんじょうだかい

吝嗇的。善於計算損益的。

短気
たんき

性情急躁。性急。沒耐心。

堅物
かたぶつ

耿直的人。不受誘惑的人。

逸る
はやる

性急。暴躁。興致勃勃。躍躍欲試。

蛇蝎
だかつ

蛇蠍。比喻極為狠毒可怕。

剽軽
ひょうきん

輕佻。滑稽。詼諧。

貪る
むさぼる

貪圖。貪婪。

頑
かたくな

頑固。固執。

聞き下手

ききべた

不善於聽別人講話的人。不善於應答的人。

質

たち

天性。性格。體質。體格。品質。性質。

酷い

ひどい

殘酷。淒慘。無情。厲害。嚴重。

癇

かん

脾氣。肝火。神經質。

暴戾

ぼうれい

暴戾。暴虐。

癇癖

かんぺき

脾氣暴躁。

潔い

いさぎよい

乾脆。英勇。痛快的。純潔。清高。清白。

癇癪

かんしゃく

暴躁脾氣。火氣。肝火。

潔癖

けっぺき

清高。潔癖。

癇癪球

かんしゃくだま

火氣。肝火。

人品・個性

職人気質

しょくにんかたぎ

工匠特有的脾氣。

気短

きみじか

性情急躁。

内弁慶

うちべんけい

在家稱雄在外怯懦的人。

気質

かたぎ

氣質。風格。性情。性格。

気心

きごころ

性情。心情。脾氣。

温和しい

おとなしい

老實。溫順。雅致。

気性

きしょう

性情。脾氣。天性。秉性。

鉄火肌

てっかはだ

性情潑辣。豪邁。兇悍。

気風

きっぷ

氣派。氣度。風氣。風尚。特性。

評價

下馬評
げばひょう

社會輿論。風評。局外人的猜測。

小器用
こぎよう

有點靈巧。小有才幹。小聰明。

女々しい
めめしい

指男人像個女人。柔弱。懦弱。沒志氣。沒出息。

天晴れ
あっぱれ

非常好。漂亮。值得佩服。驚人。

子供心
こどもごころ

童心。孩子氣。

手強い
てごわい

不好對付。不易擊敗。

小心者
しょうしんもの

膽小的人。謹慎的人。

世論
よろん

輿論。

小手先
こてさき

手指尖。小聰明。

生半可
なまはんか

未成熟。不熟練。不充分。不徹底。

評價

自惚れ
うぬぼれ

驕傲。自大。自負。

秀でる
ひいでる

優秀。卓越。擅長。

色好み
いろごのみ

好色。

迂闊
うかつ

疏忽。愚鈍。無知。粗心大意。

色魔
しきま

色鬼。玩弄女性的人。

性悪
しょうわる

品質惡劣。心眼兒壞。

助平
すけべい

色鬼。好色。

放縦
ほうしょう

放縱。放肆。放蕩。

吝嗇
りんしょく

吝嗇。

昔気質
むかしかたぎ

老派。古板。守舊。頑固。

初心

うぶ

純真。純潔。幼稚。沒經驗。處女。

盆暗

ぼんくら

愚笨的人。傻瓜。

初々しい

ういういしい

天真。未經世故的。

矜持

きょうじ

自負。自豪。

阿呆 *

あほう

愚蠢。混蛋。

剛腹

ごうふく

有膽量又有度量。

勇ましい

いさましい

勇敢。勇猛。活潑。生氣勃勃。振奮人心。雄壯。

恭しい

うやうやしい

彬彬有禮。恭恭敬敬。

姦佞

かんねい

奸詐的人。

根性

こんじょう

氣質。秉性。骨氣。毅力。耐心。

＊也可寫做「阿房」。

評價

真面目
まじめ

認真。踏實。誠實。正派。

偏執狂
へんしゅうきょう

偏執狂。

破落戸
ごろつき

惡棍。無賴。流氓。地痞。

猛々しい
たけだけしい

勇猛。兇狠。厚顏無恥。

笑い種
わらいぐさ

笑料。笑柄。

莫迦
ばか

愚蠢。呆傻。不合理。無價值。混蛋。傻瓜。

素頓狂
すっとんきょう

瘋瘋癲癲。突然發瘋似的。

野放図
のほうず

散漫放肆。蠻橫無理。無邊無際。無窮無盡。

馬鹿
ばか

愚蠢。笨蛋。傻瓜。糊塗蟲。

野暮天
やぼてん

非常土氣。人或事物非常愚蠢。

無作法

ぶさほう

沒禮貌。粗野。粗魯。

颯爽

さっそう

精神抖擻。氣派。英勇。

愛想

あいそ

善於交際應酬。和藹可親。款待。招待。用餐後結帳。

鼻撮み

はなつまみ

惹人嫌惡的人。討厭的人。

愛敬

あいきょう

親切。幽默。可愛之處。魅力。好感。

賢しい

さかしい

聰敏。機伶。小聰明。傲慢。自大。

滑稽

こっけい

可笑。滑稽。詼諧。戲謔。

薀蓄

うんちく

淵博的學識。

猿知恵

さるぢえ

鬼機靈。小聰明。

瀟洒

しょうしゃ

瀟灑。漂亮。

評價

麗しい
うるわしい

美麗。動人。爽朗。令人心裡感到溫暖。

気障
きざ

裝模作樣。

冴える
さえる

頭腦靈敏。有精神。寒冷。光、色、音清晰。

称える
たたえる

稱讚。讚揚。

幇間
ほうかん

馬屁精。

訥弁
とつべん

不善談吐。

悪辣
あくらつ

毒辣。惡毒。陰險。

昼行灯
ひるあんどん

無用的人。蠢人。

戀愛・結婚

三行半
みくだりはん

休書。離婚書。

祝儀
しゅうぎ

婚禮。慶祝儀式。祝辭。賀禮。小費。

別れ話
わかればなし

夫婦或交往中的戀人談論分手的事。

娶る
めとる

娶。娶妻。

契り
ちぎり

盟約。特指婚約。宿緣。姻緣。

惚れる
ほれる

佩服。迷戀。戀慕。喜愛。欣賞。心馳神往。

相生
あいおい

夫妻共結連理。

許婚
いいなずけ

從小立訂婚約。未婚夫。未婚妻。

浮気
うわき

見異思遷。愛情不專一。

許嫁
いいなずけ

從小立訂婚約。未婚夫。未婚妻。

戀愛・結婚

逢引
あいびき

男女幽會。

錫婚式
すずこんしき

錫婚式。慶祝結婚十週年的儀式。

結納
ゆいのう

男女雙方互贈的訂婚禮品。彩禮。

懸想
けそう

思慕。愛慕。戀愛。

華燭の典
かしょくのてん

花燭之喜。

恋敵
こいがたき

情敵。

嫁ぐ
とつぐ

出嫁。嫁。

横恋慕
よこれんぼ

戀慕別人的配偶。

馴れ初め
なれそめ

戀情萌芽。戀人初相識。

職業

人夫
にんぷ

藍領。從事體力勞動者。

司
つかさ

衙門。官府。官職。官位。

八卦見
はっけみ

占卜師。

生業
なりわい

謀生。職業。

土方
どかた

土木工程工人。

匠
たくみ

木匠。雕刻匠。手工藝匠。

天下り
あまくだり

下凡。政府高級官員退休後到民間相關企業工作。

伽
とぎ

照料病患的人。陪伴閒談解悶的人。

召使
めしつかい

僕人。男傭。女傭。

居職
いじょく

在家從事手藝勞動的職業。

職業

武者
むしゃ

武士。戰士。軍人。

執事
しつじ

管家。政務機關的長官。基督教的執事。

係官
かかりかん

專門負責某項工作的公務員。

彫物師
ほりものし

雕刻師。

建具師
たてぐし

製作門窗、隔扇等的工匠。

殺陣師
たてし

教授武打的教師。

馬子
まご

馬夫。

船頭
せんどう

船老大。船夫。

馬喰う
ばくろう

牲口販子。伯樂。

軟派記者
なんぱきしゃ

報紙社會版記者。

陰陽師

おんみょうじ

陰陽師。

僕

しもべ

下人。僕人。

博打打

ばくちうち

賭徒。賭棍。

舞妓

まいこ

宴席間助興的舞妓。現以日本京都祇園最出名。

間者

かんじゃ

間諜。特務。

編者

へんじゃ

編者。編輯。

博徒

ばくちうち

賭徒。賭棍。

罷免

ひめん

罷免。免職。

極道者

ごくどうもの

混黑道的人。為非作歹的人。放蕩的人。

請負師

うけおいし

承包商人。

職業

養蚕業
ようさんぎょう

養蠶業。

乱波
らっぱ

間諜。地痞。流氓。

養豚
ようとん

養豬。

噺家
はなしか

說書的藝人。說單口相聲的藝人。

頭取
とうどり

首領。銀行行長。董事長。劇場等的後臺總管。

猪武者
いのししむしゃ

有勇無謀的武士。

鍛冶屋
かじや

鐵匠。

経師屋
きょうじや

裝裱師。

鍼灸師
しんきゅうし

針灸師。

雑兵
ぞうひょう

小兵。小卒。無足輕重的人。

人稱

一人
ひとり

一個人。

下手人
げしゅにん

殺人凶手。凶犯。

一見
いちげん

第一次光臨飯店的顧客。初次見面。

下種 *
げす

身份卑賤的人。下流。卑鄙。

一個人
いちこじん

個人。私人。

上役
うわやく

上司。上級。領導者。

丁稚
でっち

學徒。徒弟。

大人
おとな

大人。成人。

二人
ふたり

兩個人。

子供
こども

孩子。兒童。

＊也可寫做「下衆」。

人稱

小姑
こじゅうと

丈夫或妻子的兄弟姐妹。

仇敵
きゅうてき

仇敵。

小童
こわっぱ

小孩子。小毛頭。

介錯
かいしゃく

切腹自殺的人。

己
おのれ

本人。自己。我。你（稱呼晚輩）。這個傢伙。

友達
ともだち

朋友。友人。

万引き
まんびき

在商店行竊的小偷。

毛唐
けとう

洋人。洋鬼子。輕蔑外國人的稱呼。

仇
かたき

對手。競爭者。

王者
おうじゃ

帝王。王者。某方面最有實力者。冠軍。

主
あるじ

主人。所有者。物主。

民
たみ

國民。人民。民族。

他人様
ひとさま

旁人。別人。

玄人
くろうと

內行。專家。妓女。藝妓。

出不精
でぶしょう

懶得出門的人。

甘党
あまとう

愛吃甜食的人。

四股名
しこな

綽號。相撲力士的稱呼。

田吾作
たごさく

鄉下人。鄉巴佬。

末裔
まつえい

後裔。子孫。

田舎者
いなかもの

鄉下人。土包子。

人稱

仲人
なこうど

媒人。

百万長者
ひゃくまんちょうじゃ

百萬富翁。

地下人
じげにん

貧民。庶民。

老耄
ろうもう

老人。

好々爺
こうこうや

性情溫和的老人。好好先生。善心老人。

色盲
しきもう

色盲。

年子
としご

同母所生差一歲的孩子。

似非学者
えせがくしゃ

冒牌學者。

成金
なりきん

暴發戶。

村夫子
そんぷうし

村裡有學識的人。鄉村學究。

見巧者
みごうしゃ
對戲劇等鑒賞能力高的人。

初子
ういご
第一個孩子。

里子
さとご
寄養的孩子。

初孫
ういまご
第一個孫子。

明き盲
あきめくら
睜開眼的瞎子。文盲。

金棒引き
かなぼうひき
愛到處說閒話的人。

直孫
じきそん
直系子孫。

青二才
あおにさい
毛頭小孩。

空蝉
うつせみ
今世的人。今世。

垂乳根
たらちね
母親。父母。雙親。

人稱

後裔

こうえい

後裔。子孫。

相手方

あいてかた

對手。對方。

相客

あいきゃく

同桌或同室的客人。

冑裔

ちゅうえい

後裔。直系子孫。

若人

わこうど

年輕人。青年。

若衆

わかしゅ

年輕人。小伙子。江戶時代未成年男子。男娼。

香具師

やし

廟會的攤販。走江湖表演雜耍的藝人。

洟垂れ小僧

はなたれこぞう

流著鼻涕的小孩。乳臭未乾的小孩。

孫子

まごこ

兒孫。子孫。後代。

座頭

ざがしら

會議等的主席。劇團等的團長。

旅烏
たびがらす

無固定住處流浪外鄉的人。外鄉人。

御大
おんたい

首領。家長。

素人
しろうと

外行。門外漢。非專業人員。良家婦女。

御偉方
おえらがた

大人物。顯要人物。權貴。

素封家
そほうか

富翁。財主。

掏摸
すり

扒手。小偷。

迷子
まいご

迷路的孩子。下落不明。失蹤。

捨子
すてご

棄兒。棄嬰。

乾分
こぶん

乾兒子。部下。黨羽。嘍囉。

梟雄
きょうゆう

殘忍兇猛的人。壞人的首領。

人稱

猛者
もさ

猛士。猛將。健將。能手。

筆不精
ふでぶしょう

懶得寫信或文章的人。

野次馬
やじうま

跟著起哄的人。胡亂吵鬧的群眾。奚落的人們。

筆無精
ふでぶしょう

懶得寫信或文章的人。

紺屋
こうや

染匠。染坊。

愛弟子
まなでし

得意弟子。得意門生。

傍輩
ほうばい

朋友。平輩。師兄弟。夥伴。

愛猫家
あいびょうか

喜歡貓的人。

博士
はかせ

博士。博學多聞，通達古今的人士。

業師
わざし

相撲中善於使用招數的力士。策略家。

碌でなし
ろくでなし
無用的人。廢物。無賴。

領袖
りょうしゅう
首領。領袖。衣領和衣袖。

稚児
ちご
嬰兒。幼兒。寺廟祭祀行列中盛裝的男童女童。

億万長者
おくまんちょうじゃ
大富翁。億萬富翁。

道産子
どさんこ
北海道人。在北海道出生的人。

影武者
かげむしゃ
重要人物的替身。幕後人物。

墓泥棒
はかどろぼう
盜墓者。

敵
かたき
對手。競爭者。仇人。仇敵。

旗頭
はたがしら
首領。頭目。中世紀諸侯之首。旗子的上部。

穀潰し
ごくつぶし
飯桶。好吃懶做的人。

人稱

賢者

けんじゃ

賢者。賢人。

継親

ままおや

繼父母。

親身

しんみ

親人。親骨肉。親如骨肉。親密。

黄色人種

おうしょくじんしゅ

黃種人。

寝坊助

ねぼすけ

愛睡懶覺的人。

教唆犯

きょうさはん

教唆犯。唆使犯。

点者

てんじゃ

和歌等作品的評定人。

発頭人

ほっとうにん

發起人。帶頭人。肇事者。

心情

不憫
ふびん

可憐。

心悲しい
うらがなしい

不由得感到悲傷。令人感傷。

心地
ここち

感覺。心情。心境。

心構え
こころがまえ

心理準備。

心底
しんそこ

心底。內心。

心遣い
こころづかい

關懷。照料。費心。操心。掛慮。

心寂しい
うらさびしい

感到寂寞。

心積もり
こころづもり

在內心打算。內心的預定、計畫。

心細い
こころぼそい

心中不安。膽怯。孤獨。寂寞。

心奥
しんおう

心底。內心。

心情

心頼み
こころだのみ

指望。依靠。

怖じ気
おじけ

害怕的心情。感到恐懼。

危ぶむ
あやぶむ

擔心。懷疑。

怖気
おぞけ

害怕的心情。感到恐懼。

安堵
あんど

放心。

苦渋
くじゅう

苦惱。痛苦。

怯える
おびえる

害怕。畏懼。夢魘。

挫ける
くじける

沮喪。消沈。挫傷。扭傷。

怯む
ひるむ

膽怯。畏縮。畏懼。害怕。

朗らか
ほがらか

心情舒暢、快活。天氣晴朗。聲音爽朗、響亮。

真心
まごころ

真心。誠意。

胸算用
むなざんよう

內心的估計。心裡的打算。盤算。

索漠
さくばく

落寞。冷落。寂寞。荒涼。

胸積もり
むなづもり

內心的估計。心裡的打算。盤算。

耽る
ふける

耽於。沉迷。熱衷。專心致志。

悶える
もだえる

苦悶。煩惱。身體因痛苦而拼命掙扎、扭動。

耽溺
たんでき

沉溺。沉醉。

焦る
あせる

焦躁。急躁。著急。

胸三寸
むねさんずん

內心。內心的想法。

傷む
いたむ

痛苦。疼痛。機器等損壞。食物腐壞。

心情

嫉む
そねむ

嫉妒。

嫉む
ねたむ

嫉妒。嫉恨。吃醋。

嫌悪
けんお

厭惡。討厭。嫌惡。

愛染
あいぜん

貪戀。煩惱。佛教中的愛染明王佛。

煩う
わずらう

煩惱。苦惱。做不到。難以辦到。

煩悩
ぼんのう

煩惱。

慚愧
ざんき

慚愧。

慕う
したう

懷念。愛慕。敬仰。追隨。

憧れ
あこがれ

嚮往。憧憬。

憧憬
しょうけい

憧憬。

敵愾心

てきがいしん

與敵人一較長短之心。

妬む

ねたむ

嫉妒。嫉恨。吃醋。

懺悔

ざんげ

向他人坦白罪過。向神佛懺悔。

悪寒

おかん

因高燒身體打冷顫。惡寒。

鬱陶しい

うっとうしい

鬱悶。厭煩。不痛快。

歯痒い

はがゆい

因事與願違而著急。令人不耐煩。

妬ける

やける

嫉妒。吃醋。

妬ましさ

ねたましさ

嫉妒。嫉恨。嫉妒的心情、程度。

交通

方向舵
ほうこうだ

飛機的方向舵。

四駆
よんく

汽車前後四個車輪的驅動結構。四輪驅動車。

甲板
かんぱん

甲板。

白帆
しらほ

船桅上的白帆。

伝馬船
てんません

舢板。堅固的平底小船。

波止場 *
はとば

碼頭。

波路
なみじ

航路。

原付
げんつき

輕型摩托車。

家路
いえじ

歸途。歸路。

旅路
たびじ

旅途。旅程。旅行。

＊也可讀做「ほうとうは」。

舵

かじ

舵。飛機或滑翔機的操縱杆。

途中下車

とちゅうげしゃ

中途下車。

船底

ふなぞこ

船底。船底形的器具。

最寄駅

もよりえき

距離最近的車站。

船便

ふなびん

利用船舶運送信件、貨物。海運。通航。通船。

幌馬車

ほろばしゃ

帶篷馬車。

船路

ふなじ

航路。航道。航程。

楫

かじ

船槳。

蛇行

だこう

蛇行。蜿蜒。河流曲折。

路肩

ろかた

路邊。路肩。

交通

道標
みちしるべ

路標。入門。指南。

線路沿い
せんろぞい

火車、電車、公車等的行駛沿線。

隘路
あいろ

隘路。狹路。難關。障礙。

燃費
ねんぴ

每公升燃料行駛的公里數。耗油量。

艀
はしけ

舢板。駁船（無法自航，需靠外力拖行的船）。

仮免
かりめん

臨時駕照。

綱手
つなで

拉船用的粗繩。

綱手船
つなでぶね

用繩子拉的船。

食品・料理

七味唐辛子
しちみとうがらし

五香粉。

山の幸
やまのさち

山珍。山中土產。

千切り
せんぎり

切成細絲。

干物
ひもの

魚乾。

千歳飴 *
ちとせあめ

日本在七五三節時吃的紅白色棒棒糖。

五目鮨
ごもくずし

什錦飯糰。

口茶
くちぢゃ

沏過的茶加入新的茶葉。第二泡的茶。

天草
てんぐさ

石花菜。

小豆粥
あずきがゆ

紅豆稀飯。

天婦羅
てんぷら

天婦羅。魚、蝦、蔬菜等裏上麵粉油炸而成的食物。

*「七五三節」是保佑小孩平安長大的節日。

食品・料理

天麩羅
てんぷら

天婦羅。魚、蝦、蔬菜等裏上麵粉油炸而成的食物。

外郎
ういろう

米粉糕，名古屋等地的名產。

水羊羹
みずようかん

水分多的羊羹。

奴豆腐
やっこどうふ

涼拌豆腐。

水団
すいとん

麵團。麵疙瘩湯。

甘栗
あまぐり

糖炒栗子。

片栗粉
かたくりこ

太白粉。

甘酢
あまず

甜醋。

加薬飯
かやくめし

什錦飯。

生醤油
きじょうゆ

純醬油。

生麵
なまめん
未經加熱或乾燥處理的麵類。

糸蒟蒻
いとこんにゃく
蒟蒻條。

石衣
いしごろも
石衣，一種日式點心。

羊羹
ようかん
羊羹。

丼
どんぶり
大碗。大碗蓋飯。

求肥
ぎゅうひ
熬煮做成的年糕。一種日式點心的材料。

合い挽き
あいびき
牛肉與豬肉混合的肉餡。

牡丹餅
ぼたもち
牡丹餅。外層裹上紅豆餡的日式年糕。

米酢
よねず
米醋。

牡蠣酢
かきす
牡蠣醋。

食品・料理

角砂糖
かくざとう

方糖。

和菓子
わがし

日式點心。

豆板醤
トウバンジャン

豆瓣辣醬。

昆布茶
こぶちゃ

昆布茶。

赤出汁
あかだし

日式味噌湯的一種。名古屋的紅色味噌湯。

明太子
めんたいこ

明太子。一種魚卵食品。

赤砂糖
あかざとう

紅糖。

東坡肉
トンポーロー

東坡肉。

辛子
からし

芥末。

河童
かっぱ

內卷黃瓜的壽司。河童。擅長游泳的人。

炒飯

チャーハン

炒飯。

金団

きんとん

山藥或甘薯泥加栗子的日式甜食。

炙物

あぶりもの

燒烤物。

春雨

はるさめ

春雨。細粉。冬粉。

肴

さかな

下酒菜。酒宴上助興的節目或話題。

胡桃

くるみ

核桃。

金平

きんぴら

醬油糖炒牛蒡絲。

食紅

しょくべに

食品用紅色素。

金時小豆

きんときあずき

大顆紅豆。

唐揚げ

からあげ

不裹麵粉與雞蛋直接油炸的食品。

食品・料理

時雨煮
しぐれに

加入薑、花椒等一起煮的文蛤肉。

茶菓
さか

茶點。茶和點心。

海の幸
うみのさち

海產。海味。

酒蒸し
さかむし

魚貝類加酒和鹽調味後再清蒸的料理。

烏龍茶
ウーロンちゃ

烏龍茶。

釜飯
かまめし

小鍋什錦飯。

素麵
そうめん

掛麵。細麵。麵線。

馬刺
ばさし

生馬肉片。

納豆
なっとう

納豆。大豆蒸熟後發酵的一種食品。

強肴
しいざかな

懷石料理中，除了主要餐點之外所上的菜餚。

御節

おせち

年節菜。節日食物。

豚汁

ぶたじる

用豬肉、蔬菜等加入味噌熬煮而成的湯。

御馳走

ごちそう

盛宴。酒席。款待。好吃的飯菜。

麻婆豆腐

マーボドーフ

麻婆豆腐。

梅肉

ばいにく

鹹梅乾的果肉。

湯面

タンメン

湯麵。

粗目

ざらめ

粗砂糖。白天融化夜裡又凍結的粗粒積雪。

湯葉

ゆば

豆皮。

粗塩

あらじお

粗鹽。

焙じ茶

ほうじちゃ

烘茶。焙茶。

食品・料理

善哉
ぜんざい

年糕片紅豆湯。善哉。稱讚的感嘆詞。

新香
しんこ

鹹菜。泡菜。新醃的鹹菜。

雁擬き
がんもどき

油炸豆腐。

新粉
しんこ

米粉。

雲呑
ワンタン

餛飩。

新巻鮭
あらまきざけ

醃製的鹹鮭魚。

黍団子
きびだんご

玉米糰子。日本岡山縣知名土產。

粳米
うるちまい

粳米，一種沒有黏性的米。

酢蛸
すだこ

醋拌章魚。

葛根湯
かっこんとう

中藥的葛根湯。

葛粉

くずこ

葛粉。由葛根取出的澱粉，可供食用及製漿糊用。

蒲鉾

かまぼこ

魚板。沒鑲寶石的戒指。

葛餅

くずもち

葛粉糕。

辣油

ラーユ

辣油。

粽

ちまき

粽子。

餃子

ギョーザ

餃子。

粽笹

ちまきざさ

粽葉。

蒟蒻

こんにゃく

蒟蒻。

精進料理

しょうじんりょうり

素菜。素食料理。

潮汁

うしおじる

只加少鹽的清魚湯。

食品・料理

熟鮨
なれずし

用鹽和米飯包住魚肉，發酵後可長期保存的食物。

薄塩
うすじお

少鹽。

濃茶
こいちゃ

濃茶。

鮨
すし

壽司。

餡
あん

豆沙餡。餡。

糧
かて

食糧。乾糧。食糧。

蕎麦
そば

蕎麥。蕎麥麵條。

薩摩揚げ
さつまあげ

甜不辣。

醍醐
だいご

醍醐。從牛奶中精煉出來的乳酪。

羹
あつもの

羹湯。熱湯。

鏡開き

かがみびらき

吃拜神的年糕。開始練習劍道、體育項目。

沢庵

たくあん

用米糠醃的黃蘿蔔鹹菜。

饅頭

まんじゅう

包子。

焼売

シューマイ

燒賣。

糯米 *

もちごめ

糯米。

猫跨ぎ

ねこまたぎ

不好吃的鹹魚。

団子

だんご

糰子，日式點心。丸子。

笹身

ささみ

雞胸肉。

寿司

すし

壽司。醋飯團。醋拌生魚片。

笹蒲鉾

ささかまぼこ

竹葉形魚糕，仙台地方名產。

＊也可讀做「もちよね」。

食品・料理

雑炊
ぞうすい

菜粥。雜燴粥。

饂飩
うどん

麵條。

黄身
きみ

卵黃。蛋黃。

黄粉
きなこ

炒熟的黃豆粉。

布料・絲線

生絹
すずし

生絲織的薄紗。

着尺
きじゃく

長寬剛好夠作一件和服用的衣料。

天鵝絨
ビロード

天鵝絨。絲絨。

布帛
ふはく

布帛。

生地
きじ

布料。素質。原形。

生絹
きぎぬ

生絲織的絹綢。

金襴緞子
きんらんどんす

金線織花錦緞。

更紗
さらさ

印花布。花布。

紅絹
もみ

紅綢。

共布
ともぎれ

同樣的布。

紗
しゃ

紗。薄絹。

唐桟
とうざん

有紅、淺黃色直條紋的深藍色棉布。

木綿
もめん

棉花。棉線。棉織品。

生成り
きなり

沒有漂白過的線、衣料等。

真綿
まわた

絲棉。

布料・絲線

絣
かすり

碎白點花紋布。

縮緬
ちりめん

縐綢。

綸子
りんず

具有光澤，光滑的絹織物。

金紗
きんしゃ

縐綢。錦緞。

反物
たんもの

綢緞。布匹。和服衣料的總稱。

錦
にしき

錦緞。華麗衣服。

紬
つむぎ

用捻線以平織法織成的結實絲綢。

機織
はたおり

織布。織布工。紡織工。蟋蟀的別名。

明石
あかし

縐綢。

衣服・裝扮

入れ歯
いれば

假牙。

入れ髪
いれがみ

假髮。

十二単
じゅうにひとえ

日本平安時代十世紀開始女性貴族穿的禮服。

三つ揃い
みつぞろい

三個一套。上衣、褲子、背心三件成套的西裝。

上草履
うわぞうり

室內穿的草鞋。

大童
おおわらわ

髮髻放下後頭髮散開的樣子。竭盡全力奮鬥的情形。

木履
ぽっくり

少女穿的一種漆木屐。

白粉
おしろい

化妝用的香粉。撲粉。

白無垢
しろむく

上下一身白的服裝。裡外一身白的服裝。

白装束
しろしょうぞく

身穿白色服裝。

衣服・裝扮

目庇
まびさし

帽簷。眼罩。遮陽板。

行灯袴
あんどんばかま

沒有內檔的和服裙子或褲子。

伊達
だて

服裝華麗的打扮。追求虛榮。俠氣。義氣。

衣文
えもん

和服的領襟。

合羽
かっぱ

防雨斗蓬。雨衣。

衣紋
えもん

和服的領襟。

合服
あいふく

春秋季穿的西服。

衣替え
ころもがえ

換季更衣。商店街等改變外觀裝飾。

地下足袋
じかたび

勞動用穿的橡膠底鞋。

作務衣
さむえ

禪宗寺院裡和尚的工作服。

赤烏帽子

あかえぼし

紅禮帽。

身繕い

みづくろい

打扮。裝束。服飾。

足袋

たび

日本式短布襪。

体

てい

打扮。外表。樣子。情況。狀態。姿態。

身包み

みぐるみ

所有穿戴。全部衣服。

体裁

ていさい

樣子。體統。體裁。奉承話。

身形

みなり

打扮。裝束。服飾。

法被

はっぴ

手藝人、工匠所穿的，背上染有字號的半截外褂。

身綺麗

みぎれい

衣著整潔。打扮得乾淨俐落。

肩衣

かたぎぬ

古代庶民穿的無袖短上衣。

衣服・裝扮

肩章
けんしょう

臂章。

雨合羽
あまがっぱ

雨衣。防雨斗篷。

雨具
あまぐ

雨具。

雨着
あまぎ

雨衣。

厚着
あつぎ

穿得多。穿得厚。

指貫
さしぬき

一種束褲腳的和服寬褲。

風体
ふうてい

風采。打扮。衣著。

容体
ようだい

樣子。容貌。打扮。裝束。病情。病狀。

差し歯
さしば

裝假牙。裝木屐齒根。

格子縞
こうしじま

格式花紋。米字格。

浴衣

ゆかた

浴衣。日本人夏季穿的單件式和服。

草鞋

わらじ

草鞋。

烏帽子

えぼし

黑漆帽子，日本古時一種禮帽。

袂

たもと

和服的袖子。山腳。旁邊。

真田紐

さなだひも

棉質的編帶。麥桿編的鞭條。

帷子

かたびら

麻布單衣。

胴締め

どうじめ

腰帶。把腰部繫住。

救命胴着

きゅうめいどうぎ

救生衣。

草履

ぞうり

草屐。草鞋。

眼鏡

めがね

眼鏡。判斷。估計。

衣服・裝扮

莫大小
メリヤス

針織品。以毛或棉織成的伸縮性布料。

脛衣
はばき

護腿帶。

袖
そで

袖子。衣袖。書桌等兩側的抽屜。

割烹着
かっぽうぎ

烹飪時穿的圍裙。做家務時穿的罩衫。

貫頭衣
かんとうい

貫頭衣（套頭式、無袖的衣服)。

普段着
ふだんぎ

日常穿的衣服。便服。

釦
ぼたん

鈕扣。按鈕。

袷
あわせ

夾衣。一種和服。

脛巾
はばき

護腿帶。

葛布
くずふ

葛布。以葛草纖維織成的布，可製夏衣。

裘
かわごろも

皮衣。

襤褸
ぼろ

襤褸。破布。破爛不堪。缺點。破綻。

薄化粧
うすげしょう

淡妝。

襦袢 *
じゅばん

和服裡穿的貼身襯衫。汗衫。

薄着
うすぎ

穿得少。

挿頭
かざし

帽子上、頭髮上插的花飾。

襟
えり

衣領。西裝的硬領。後頸。

産着
うぶぎ

新生嬰兒的衣服。襁褓。

襞
ひだ

衣服等的皺褶。

脚絆
きゃはん

護腿帶。

＊也可讀做「ジバン」。

衣服・裝扮

袴
はかま

和服的裙子。放酒壺的臺座。葉鞘（植物名）。

裃
かみしも

上衣和裙褲。江戶時代武士的禮服。

装束
しょうぞく

裝束。服裝。室內裝飾。

裾
すそ

衣服下擺。褲腳。山腳。山麓。

飲酒

お神酒
おみき

供神的酒。酒。

一夜酒
いちやざけ

一夜之間釀成的酒。甜酒。

上戸
じょうご

能喝酒的人。

大酒飲み
おおざけのみ

酒鬼。愛喝酒的人。

万八
まんぱち

酒的別稱。謊話。說謊的人。

生酒
きざけ

純酒。

居酒屋
いざかや

小酒館。酒鋪。

冷や酒
ひやざけ

冷酒。涼酒。沒溫過的酒。

杯
さかずき

酒杯。

吟醸
ぎんじょう

陳釀。精心釀造。

泥酔
でいすい

酩酊大醉。

辛党
からとう

酒徒。好飲酒者。

泡盛
あわもり

琉球特產的燒酒。

味醂
みりん

用燒酒、糯米等製成的調味醬汁。

後引上戸
あとひきじょうご

喝了酒就沒完沒了的人。

飲酒

盃
さかずき

酒杯。

酒樽
さかだる

酒桶。

素面
しらふ

不喝酒時。沒喝醉時。

酒蔵
さかぐら

酒庫。酒窖。酒館。酒店。

般若湯
はんにゃとう

僧侶對酒的隱語（不直接說酒，而以此代替）。

掃愁箒
そうしゅうそう

酒的別稱。

酒代
さかだい

喝酒的費用。酒錢。小費。

朝酒
あさざけ

早晨喝酒。晨酌。

酒屋
さかや

酒店。酒鋪。酒坊。

飲る
やる

喝酒。飲酒。

飲兵衛

のんべえ

酗酒者。酒鬼。

麦酒

ビール

啤酒。

酩酊

めいてい

酩酊大醉。

燗酒

かんざけ

溫過的酒。燙的酒。

焼酎

しょうちゅう

燒酒。蒸餾酒。

酒盛

さかもり

酒會。歡宴。宴飲。

献

こん

斟酒的次數。上菜的道數。

醸す

かもす

釀造（酒類等）。釀成。引起。

飲食

一食
いちじき

一頓飯。

舌鼓
したつづみ

咂嘴。品嘗美食時發出嘖嘖之聲。

夕餉
ゆうげ

晚飯。晚餐。

佳肴
かこう

佳餚。

大食い
おおぐい

食量大。

居候
いそうろう

食客。吃閒飯的。寄食。

小昼
こびる

早餐和午餐間的點心。

美味い
うまい

好吃。美味。可口。

不味い
まずい

不好吃。難吃。難看。不妙。不合適。

食い気
くいけ

食慾。貪吃。

食む

はむ

食。吃。受祿。食俸。損害。損壞。

嘉肴

かこう

佳餚。

食餌

しょくじ

食物。飲食。

激辛

げきから

極辣。

野点

のだて

在野外燒的茶水。露天茶筵。

塩梅

あんばい

料理的調味。情形。方法。身體狀況。

朝餉

あさげ

早飯。

悪食

あくじき

粗食。吃怪東西。

飲茶

ヤムチャ

邊吃點心邊喝茶。

惣菜

そうざい

家常菜。副食。

飲食

摂る
とる

吃。攝取。吸收。吸取。

摂生
せっせい

養生。

断食
だんじき

絕食。

昼餉
ひるげ

午餐。午飯。

献立
こんだて

菜單。食譜。籌備。計畫。安排。

道具・日用品

御襁褓
おむつ

尿布。

一輪挿し
いちりんざし

小花瓶。

算盤 ＊1
そろばん

算盤。在內心盤算。打如意算盤。

小鉢
こばち

小盆子。小缽。

万力
まんりき

老虎鉗。

＊1 也可寫做「十露盤」。

天火

てんぴ

烤箱。

木槌

きづち

木槌。

天秤棒

てんびんぼう

扁擔。

木鐸

ぼくたく

中國古代召集群眾用的銅鈴。比喻宣揚教化的人。

手甲

てっこう

手背套。

火屋

ほや

香爐或手爐的爐蓋。煤油燈等的燈罩。玻璃燈罩。

手斧

ちょうな

錛子。錛鋤。

火燵

こたつ

被爐。暖爐桌。

文机 *2

ふみづくえ

書桌。

爪楊枝

つまようじ

牙籤。

*2 也可讀做「ふづくえ」。

道具・日用品

可杯
べくさかずき

杯底有洞的杯子。

合鍵
あいかぎ

相同的鑰匙。複製的鑰匙。備用鑰匙。萬能鑰匙。

布団
ふとん

被子。

如雨露
じょうろ

澆花器。

本棚
ほんだな

書架。書櫥。

臼
うす

石臼。石磨。

石臼
いしうす

石臼。石磨。笨重的東西。

行火
あんか

腳爐。

石鹸
せっけん

肥皂。

行灯
あんどん

方形紙罩座燈。

机上

きじょう

桌上。

坩堝

るつぼ

坩堝。歡騰、激昂、興奮的氣氛。

床几

しょうぎ

折凳。

定規

じょうぎ

尺。規尺。尺度。標準。

束子

たわし

鬃刷。鋼刷。

抽斗

ひきだし

抽屜。抽出。提取。

杖

つえ

拐杖。手杖。靠山。依靠。

金棒

かなぼう

鐵棒。單槓。

卓子

テーブル

桌子。飯桌。

剃刀

かみそり

刮鬍刀。剃刀。頭腦敏銳。

道具・日用品

柳行李
やなぎごうり

楊柳枝編成的行李箱。

蚊帳
かや

蚊帳。

洗濯杵
せんたくきね

洗衣棒。

蚊遣
かやり

蚊香。

炬燵
こたつ

被爐。暖爐桌。

梯子
はしご

梯子。

屑籠
くずかご

碎紙簍。廢紙籃。

梃子
てこ

槓桿。千斤槓。

時計
とけい

時鐘。錶。

蛇口
じゃぐち

水龍頭。

雪洞

ぼんぼり

紙罩蠟燈。

結縄

けつじょう

結繩。

提灯

ちょうちん

燈籠。

絨毯

じゅうたん

地毯。

棹

さお

竹竿。釣竿。船篙。標桿。

暖簾

のれん

掛在店舖門上，印有商號名的布簾。信譽。

硝子

ガラス

玻璃。

煙管

キセル

煙袋。煙管。

硯

すずり

硯。硯臺。

置き傘

おきがさ

放在學校、公司、或商家的備用雨傘。

道具・日用品

葛籠
つづら

用葛藤或竹子編成的衣箱。

槌
つち

槌子。榔頭。

鉋
かんな

木工用的鉋子。

熊手
くまで

竹耙子。鐵耙子。竹耙形吉祥物。貪婪的人。

鉤
かぎ

鉤子。鉤形物。

蒲団
ふとん

用蒲葉編織的圓墊。被子。鋪蓋。

鉤針
かぎばり

鉤針。

緋毛氈
ひもうせん

深紅色地毯。

鼎
かなえ

鼎。

熨斗袋
のしぶくろ

裝禮物或禮金，且外表印有慶賀圖樣的紙袋。

窯

かま

窯。爐。

盥

たらい

洗衣、盥洗用的盆子。

編み針

あみばり

手工編織用的針。

錐

きり

錐子。

鋏

はさみ

剪刀。

環

わ

圈。環。

橇

そり

雪橇。

錨

いかり

碇。錨。錨狀的鉤子。

燐寸

マッチ

火柴。

錘

おもり

秤錘。砝碼。測錘。釣魚的鉛墜。重物。重壓。

道具・日用品

鍬
くわ

鎬形鋤頭。

鑿
のみ

鑿子。

額縁
がくぶち

畫框。鏡框。門窗的裝飾框。

団扇
うちわ

團扇。

鎌
かま

鐮刀。

囲炉裏
いろり

地爐。坑爐。

藤籠
とうかご

藤編的籃子。

温突
オンドル

取暖用火炕。

蠅帳
はいちょう

蚊帳。

発条
ぜんまい

發條。彈簧。

廚房相關

箒
ほうき

掃帚。

夫婦茶碗
めおとぢゃわん

夫婦一起使用，大小成對的飯碗。

脚立
きゃたつ

腳凳。梯凳。

瓦斯
ガス

瓦斯。煤氣。氣體。臭屁。

茣蓙
ござ

夏季用涼席。席子。

米櫃
こめびつ

米缸。生活來源。

鋲
びょう

圖釘。鞋釘。鉚釘。

行平鍋
ゆきひらなべ

平砂鍋。陶製平鍋。

鎹
かすがい

鐵鋦。抓釘。鉤釘。

杓文字
しゃもじ

杓子。飯杓。

廚房相關

受け皿
うけざら

托盤。

砥石
といし

磨刀石。

庖丁
ほうちょう

菜刀。

祝い箸
いわいばし

喜慶事用的尖長筷子。

炒る
いる

炒。煎。

荒物
あらもの

廚房用具。掃帚等簡易日用品。

俎板
まないた

切菜板。砧板。

茶漉し
ちゃこし

濾茶網。

柄杓
ひしゃく

帶把的杓子。柄杓。

釜
かま

鍋子。

散蓮華

ちりれんげ

蓮花瓣形的陶瓷小羹匙。湯匙。調羹。

落とし蓋

おとしぶた

比鍋口小、卡在鍋裡的鍋蓋。閘門式的蓋子。

湯湯婆

ゆたんぽ

暖壺。金屬或陶瓷製的熱水壺。

滾る

たぎる

沸騰。河水翻騰。高漲。激動。

焜炉

こんろ

小爐子。

蒸ける

ふける

蒸。

菜箸

さいばし

煮、烤食品時用的長筷子。分菜用的筷子。

蒸籠

せいろう

蒸籠。

煎る

いる

煎。

銘々皿

めいめいざら

將食物分成每人一份用的碟子。

廚房相關

樽

たる

裝酒、醬油等的帶蓋圓木桶。

壜

びん

瓶子。

蕎麦猪口

そばちょこ

吃蕎麥麵時放湯汁的小磁杯。

薬缶

やかん

使用銅、鋁等製作的水壺。

薄刃

うすば

薄刃的刀。尤指薄刃菜刀。

雑巾

ぞうきん

抹布。

鍋底

なべぞこ

鍋底。

擂鉢

すりばち

研缽。擂缽。

厨房

ちゅうぼう

廚房。伙房。

建築相關

九尺二間

くしゃくにけん

窄小簡陋的屋子。

小間

こま

縫隙。小間隔。小房間。

入母屋

いりもや

歇山式屋頂，為中國古建築屋頂樣式之一。

山家

やまが

山中的房屋。山村。鄉間。

三和土

たたき

三合土。水泥地。

中仕切り

なかじきり

屋間或器物的隔板。間壁。隔離壁。隔離板。

上がり框

あがりがまち

日式房屋中，上踏入門口時所看到的橫框。

天窓

てんまど

天窗。

千木

ちぎ

廟宇等屋脊兩端成“X形”的交叉長木。

引き戸

ひきど

拉門。

建築相關

手水場
ちょうずば

廁所。廁所的洗手台。

可動堰
かどうぜき

可活動、調節水位的堤壩。

手摺
てすり

扶手。欄杆。

四阿
あずまや

庭園中的涼亭。

木戸
きど

柵欄門。城門。戲院等的入口。入場費。

母屋 ＊1
おもや

主房。正房。

水口
みなくち

出水口。

瓦
かわら

瓦。

卯建
うだつ

樑上短柱。

瓦礫
がれき

瓦礫。毫無價值的東西。

＊1 也可讀做「もや」。

石室

いしむろ

石造小屋。

尿殿

しどの

廁所。廁所的洗手台

再建 *2

さいこん

再建。重建。重修。

庇

ひさし

房簷。帽簷。廂房。

羽目

はめ

壁板。窘境。

折り戸

おりど

折疊門。

西浄 *3

せいちん

廁所。

東屋

あずまや

庭園中的涼亭。

別家

べっけ

分支。另立門戶。商店設分店。分號。

枝折戸

しおりど

柵欄門。

*2 也可讀做「さいけん」。

*3 也可讀做「せいじん」。

建築相關

板塀
いたべい

板壁。

河口堰
かこうぜき

河口壩。

空閨
くうけい

空閨。空房。

長押
なげし

上門框上的裝飾用橫木。架在兩柱間的貼牆橫木。

門扉
もんぴ

門。門扉。

雨除け
あまよけ

遮雨布。避雨。

雨避け
あまよけ

遮雨布。避雨。

雨戸
あまど

木板套窗。滑窗。

雨樋
あまどい

滴水槽。雨水管。

侘住まい
わびずまい

隱居的住宅。破舊房屋。隱居生活。清苦的生活。

前栽

せんざい

庭院裡種植的花草樹木。種有花草樹木的庭院。

閂

かんぬき

門閂。門栓。

垂木

たるき

椽子（支撐屋頂與屋瓦的木條）。

風穴

かざあな

通風孔。風洞。

建立

こんりゅう

興建。修建。

館舎

かんしゃ

建築物。公館。

建具

たてぐ

日本房屋的門、拉門、隔扇等的總稱。

風呂

ふろ

浴池。澡盆。洗澡水。澡堂。

耐火煉瓦

たいかれんが

耐火磚。

風見鶏

かざみどり

西方教堂、高塔上感應風向的風向雞。

建築相關

唐破風
からはふ

元寶屋脊。

納屋
なや

存放農具等的小棚。倉庫。堆房。

庫裏
くり

寺院的廚房。住持僧及其家屬的居室。

納戸
なんど

儲藏室。

校倉
あぜくら

用三棱木材蓋的防潮倉庫。

荒家
あばらや

破房子。寒舍。

根太
ねだ

地板底下的橫木。

軒端
のきば

簷頭。簷端。簷前。

格天井
ごうてんじょう

格子式的天花板。

埒
らち

柵欄。事物的界限。範圍。段落。

宿屋
やどや

旅店。旅館。客棧。

連子窓
れんじまど

帶簾子的窗戶。竹簾窗。

常宿
じょうやど

經常投宿的旅館。

造立
ぞうりゅう

興建。修建。

御不浄
ごふじょう

廁所。

部屋
へや

房間。房屋。

御簾
みす

宮殿、神殿等的簾子。門窗簾。

雪隠
せっちん

廁所。

梁
はり

房樑。横樑。

堤
つつみ

堤。壩。水庫。蓄水池。

建築相關

堰
せき

攔河壩。堤壩。

番台
ばんだい

公共澡堂等的收費台。坐著的高台。

棟
むね

屋脊。大樑。棟（房屋的單位）。

甍
いらか

屋瓦。

棟木
むなぎ

樑。棟樑。

築山
つきやま

庭園內的假山。

湯槽
ゆぶね

澡盆。浴盆。浴池。

築地塀
ついじべい

瓦頂板心泥牆。

蝶番
ちょうつがい

門窗開關的承軸。關節的連接處。

襖
ふすま

兩面糊上紙或布的隔扇。拉門。

内法

うちのり

門楣與門檻間的距離。內側尺寸。

桟敷

さじき

用木板搭的看臺。劇場等的包廂。

内裏

だいり

皇居。宮殿。

樋

とい

導水管。

厠

かわや

廁所。

画廊

がろう

畫廊。美術陳列館。

厩

うまや

馬棚。馬廄。

観音開き

かんのんびらき

左右對開的兩扇門。

数寄屋

すきや

茶道用的茶室。茶室隔局的住宅。

銭湯

せんとう

付費澡堂。公共澡堂。

建築相關

屋台骨
やたいぼね

房屋的支柱。床的支架。維持家業的財產。

硝子張り
ガラスばり

鑲著玻璃。裝著玻璃。光明正大。

螺旋階段
らせんかいだん

螺旋梯。

農業

元肥 *
もとごえ

基肥。底肥。

瓜田
かでん

瓜田。

田舍
いなか

鄉下。農村。田園。故鄉。老家。

早苗
さなえ

稻秧。秧苗。

作物
さくもつ

農作物。莊稼。

＊也可寫做「基肥」。

旱魃
かんばつ

乾旱。

根絶やし
ねだやし

連根拔掉。根除。杜絕。

肥沃
ひよく

肥沃。

畔
あぜ

田埂。田界。

後作
あとさく

復種作物。

畝
うね

壟。壟形。布料上的綾紋。漣漪。

苗代
なわしろ

秧田。

畝作り
うねづくり

作壟。

案山子
かかし

稻草人。傀儡。牌位。

俵
たわら

稻草包。

農業

堆肥
たいひ

堆肥。

蒔く
まく

播種。

畦
あぜ

田埂。田界。

播く
まく

播種。

減反
げんたん

減少耕種面積。

増反
ぞうたん

增加耕種面積。

粟
あわ

粟。穀子。小米。

稲穂
いなほ

稻穗。

落穂
おちぼ

收割後的落穗。

籾殻
もみがら

稻殼。

金融・金錢

小遣い
こづかい

零用錢。

年俸
ねんぽう

年薪。

小銭
こぜに

零錢。少量資金。

年貢
ねんぐ

地租。

出納簿
すいとうぼ

現金及物品的支出、收入記錄本。

利幅
りはば

利潤的多寡。

瓦落
がら

行情暴跌。

足代
あしだい

交通費。車費。

白金
しろがね

銀幣。銀。銀色。

身代金
みのしろきん

贖金。賣身價。

金融・金錢

始値
はじめね

股票開盤價。

破綻
はたん

破裂。失敗。破產。

泡銭
あぶくぜに

不義之財。

送金為替
そうきんかわせ

匯兌。

直物相場
じきものそうば

實物的市場價格。

高値
たかね

高價。昂貴。股票當天的最高價。

為替
かわせ

匯兌。匯款。

偽札
にせさつ

假鈔。偽造紙幣。

食扶持
くいぶち

伙食費。餐費。

粗利
あらり

毛利。

終値

おわりね

股票收盤價。

敷金

しききん

房屋押金。交易的保證金。

最安値

さいやすね

最低價。

融通

ゆうずう

暢通。通融。腦筋靈活。臨機應變。

最高値

さいたかね

最高價。

醵出金

きょしゅつきん

湊錢。籌款。

割賦

かっぷ

分期付款。

価 *

あたい

價值。價錢。數值。

義捐金

ぎえんきん

捐款。

贋札

がんさつ

假鈔。偽造紙幣。

*也可寫做「値」。

金融・金錢

値踏み

ねぶみ

估價。評價。

円安

えんやす

日圓貶值。

円高

えんだか

日圓升值。

涙金

なみだきん

斷絕關係時給的少額的慰問金。

戲劇・藝術

一齣

ひとこま

一個場面。一個鏡頭。一段膠片。

三人吉三

さんにんきちさ

歌舞伎劇本"三人吉三廓初買"的通稱。

三番叟

さんばそう

日本"能樂"中戴黑色假面的老人。

大見得

おおみえ

演員做出非常誇張的姿態。

大喜利

おおぎり

歌舞伎"狂言"演出時的壓軸戲。

大詰め
おおづめ

戲劇的最後一場。末尾。結局。

台詞
せりふ

臺詞。說詞。說法。

女形
おやま

旦角。

屏風絵
びょうぶえ

屏風畫。

太郎冠者
たろうかじゃ

“狂言”等戲劇裡，“大名”之下資格最老的僕人。

科白
せりふ

臺詞。道白。說詞。說法。

手細工
てざいく

手工藝品。

修羅場
しゅらば

戲劇或說唱故事中的戰鬥場面。武打場面。

文身
いれずみ

刺青。

時代物
じだいもの

歷史劇。古董。古物。歷史小說。

戲劇・藝術

殺陣
たて

武打場面。亂鬥的場面。

敵役
かたきやく

戲劇中反派角色。

鼠小僧
ねずみこぞう

江戶末期劫富濟貧的盜賊"次郎吉"。

噺
はなし

故事。單口相聲。虛構小說。

幕間
まくあい

戲劇演出中，銜接下場戲的休息時間。

悪形
あくがた

反派角色。反面人物。

演し物
だしもの

演出節目。

柿落とし
こけらおとし

新落成劇院的首次公演。

演る
やる

表演。舉行。

枡席
ますせき

劇場、相撲競技場中視野較好的座位區。

楽屋
がくや

後臺。內幕。幕後。

七五三縄
しめなわ

過年時掛在門前討吉利的稻草繩。

脇役
わきやく

配角。

九献
くこん

新郎新娘同杯各飲三次，再共飲三杯的結婚儀式。

浮世絵
うきよえ

江戸世代流行的風俗畫。浮世繪。

出初式
でぞめしき

新年時消防隊員首次集合，表演消防動作的儀式。

寿限無
じゅげむ

日本相聲中出現的小孩名。長的名字。

注連縄
しめなわ

過年時掛在門前象徵吉利的稻草繩。

尉
じょう

日本“能樂”的老翁角色。衙門府等的第三等官。

唐獅子
からじし

中國獅子。

習俗・傳統

茶道
さどう

茶道。

獅子頭
ししがしら

獅頭面具。

歌舞伎
かぶき

歌舞伎。

廟宇
びょうう

廟宇。祠堂。

縁日
えんにち

廟會。有廟會的日子。

陶瓷品

七宝焼
しっぽうやき

景泰藍。

土師器
はじき

日本古墳時代開始出現的紅褐土瓷。

信楽焼
しがらきやき

日本信樂地區生產的陶器。

埴輪
はにわ

日本古代墳墓中的土俑。陶俑。

須恵器
すえき

日本古代的灰色硬質陶器。

釉
うわぐすり

釉藥。

釉薬
ゆうやく

釉藥。

上絵具
うわえのぐ

繪於瓷器釉面所用的顏料。

聲音

大音声
だいおんじょう

大聲。

山彦
やまびこ

山間的回音。

木霊
こだま

回音。反響。樹林裡的精靈。

甲高い
かんだかい

聲音尖銳。高亢。

呂律
ろれつ

發音。說話音調。

聲音

音波
おんぱ

聲波。

嗚咽
おえつ

嗚咽。

唸り
うなり

呻吟聲。吼聲。

声高
こわだか

大聲。高聲。

掠れ声
かすれごえ

嘶啞的聲音。

猫撫声
ねこなでごえ

諂媚聲。撒嬌聲。

連声
れんじょう

連音。日語中某些音相連時所產生的發音變化。

嗚呼
ああ

哎呀。感嘆詞。

運動

下手投げ
したてなげ

低手投球。相撲賽中低手拉對方兜襠布將對方摔倒。

竹刀
しない

練習擊劍用的竹劍。

下段
げだん

劍道或槍術中刀劍向下的姿勢。最下段。

金星
きんぼし

相撲中一般力士打倒橫綱的得分記號。功勞大。

上手投げ
うわてなげ

肩上投球。相撲賽中由上拉對方兜襠布將對方摔倒。

流鏑馬
やぶさめ

騎射比武。

大関
おおぜき

相撲階級的第二位，僅次於橫綱。出類拔萃的人。

相撲
すもう

相撲。摔跤。角力。

合気道
あいきどう

合氣道。

逆手
さかて

反握。反手拿。

運動

登山
とざん

登山。爬山。

横綱
よこづな

相撲冠軍。超群。出眾。

功夫
カンフー

功夫。

音樂・樂器

乙甲
めりかり

日本樂器笛、簫等的音調高低。抑揚。

三味線
しゃみせん

日本的三弦琴。

大鼓
おおつづみ

大鼓。

木挽き歌
こびきうた

伐木歌。

銅鑼
どら

鑼。

田楽
でんがく
指日式民俗藝術田樂歌舞。醬烤豆腐串、魚片串。

神楽
かぐら
祭神的舞樂。歌舞劇等演出時的伴奏。

拍子
ひょうし
拍子。打拍子。節拍。機會。

馬子唄
まごうた
馬夫歌。趕馬歌。

律呂
りつりょ
音律。樂理。

鼓
つづみ
鼓。小鼓。手鼓。

音色
ねいろ
音色。音質。

旋頭歌
せどうか
日本固有的詩歌，和歌的一種體裁。

浪花節
なにわぶし
浪花曲，一種三弦伴奏的民間說唱歌曲。

祭文節
さいもんぶし
一種歌曲祭文。

音樂・樂器

喇叭
らっぱ

喇叭。小號。軍號。

琴瑟
きんしつ

琴瑟。

童歌
わらべうた

兒歌。童謠。

顏色

鈍色
にびいろ

深灰色。鐵灰色。

極彩色
ごくさいしき

五彩繽紛。濃粧。

天然色
てんねんしょく

天然色。

利休鼠
りきゅうねずみ

灰綠色。

飴色
あめいろ

米黃色。

茜色
あかねいろ

暗紅色。

隠蔽色
いんぺいしょく

保護色。

朽葉色
くちばいろ

赤黃色。枯葉色。

紅
べに

紅色。紅色顏料。口紅。胭脂。

地色
じいろ

底色。本色。原色。

漆黒
しっこく

烏黑。

濡羽色
ぬればいろ

有光澤的黑色。

褪紅色
たいこうしょく

粉紅色。淺紅色。

金色
こんじき

金色。

臙脂色
えんじいろ

胭脂色。深紅色。

顏色

褪める

さめる

掉色。褪色。

緋色

ひいろ

深紅色。

鴇色

ときいろ

淺粉紅色。

真っ青

まっさお

蔚藍。深藍。臉色蒼白。

薄墨色

うすずみいろ

淺黑色。

紺碧

こんぺき

深藍。蔚藍。

縹色

はなだいろ

淺藍色。

紺青

こんじょう

深藍色。

浅葱色

あさぎいろ

淺藍色。淡青色。

瑠璃色

るりいろ

深藍色。

亜麻色

あまいろ

亞麻色。

萌黄色

もえぎいろ

黃綠色。

赤銅色

しゃくどういろ

紅銅色。

代赭色

たいしゃいろ

黃褐色。

葦毛

あしげ

馬匹的毛色名稱。

黒白

こくびゃく

黑白。正邪。善惡。是非。

黄金

こがね

金黃色。黃金。金幣。

群青

ぐんじょう

一種藍色的無機顏料。

鶸色

ひわいろ

黃綠色。

黄土色

おうどいろ

赭黃色。

顏色

鳩羽色
はとばいろ

墨綠色。帶黑的淺綠色。

真っ赤
まっか

鮮紅。火紅。純粹。完全。

橙色
だいだいいろ

橙黃色。橘色。

蒼い
あおい

藍。臉色蒼白。

褪せる
あせる

褪色。

色彩
しきさい

顏色。彩色。特色。傾向。

白茶ける
しらちゃける

褪色。褪成淡茶色。

錆朱色
さびしゅいろ

鐵銹紅。

鬱金色
うこんいろ

薑黃色。

燻銀
いぶしぎん

雅素的銀色。用硫磺熏成黑灰色的銀器。

外形

巨細
こさい

大和小。

括れる
くびれる

兩頭粗中間變細。

凹凸
おうとつ

凹凸。高低不平。

矩形
くけい

長方形。矩形。

凸凹
でこぼこ

凹凸不平。不均勻。

分厚い
ぶあつい

厚。較厚。

嵩張る
かさばる

體積大。增大。增多。

木っ端微塵
こっぱみじん

粉碎。稀巴爛。

尖る
とがる

尖。神經緊張。不高興。發怒。

円か
まどか

圓。圓形。恬靜。安穩。

外形

寸胴
ずんどう

圓柱形。身材上下一般粗。

円やか
まろやか

圓圓的。圓潤。

真丸
まんまる

圓滾滾。

薄手
うすで

較薄。輕薄。膚淺。輕傷。

休閒娛樂

大駒
おおごま

日式象棋中的「飛車」和「角行」。

万華鏡
まんげきょう

萬花筒。

手毬
てまり

小皮球。拍著玩的球。

手遊び
てすさび

遊戲。消遣。解悶。

布石
ふせき

圍棋的布局。布置。部署。

民放

みんぽう

民營廣播。私營廣播。

寄席

よせ

曲藝場。說書場。雜技場。

生録

なまろく

演奏會等的現場錄音。

番組

ばんぐみ

廣播、演劇、比賽等節目。

先斗町

ぽんとちょう

撲克牌賭局中放錢下注。

飯事

ままごと

扮家家酒遊戲。

伝助

でんすけ

日式輪盤賭博。

達磨

だるま

不倒翁。達摩。像不倒翁様的圓形物。

骨牌

カルタ

撲克牌。骨牌。日本的紙牌。

輓曳競馬

ばんえいけいば

日本北海道所舉行的馬匹拖犁具的賽馬活動。

休閒娛樂

賭け事
かけごと

賭博。

独楽
こま

陀螺。

駒
こま

象棋的棋子。駒。馬。

射る
いる

射箭。打中。命中。

鞦韆
ぶらんこ

鞦韆。

博打
ばくち

賭博。賭錢。

凧
たこ

風箏。

双六
すごろく

盤雙六。繪雙六。(日式遊戲，類似撲克牌和棋類)

宗教・信仰

御釈迦
おしゃか

釋迦牟尼。

下山
げざん

修行期滿辭廟回家。下山。

人身御供
ひとみごくう

用活人做祭禮。滿足旁人欲望的犧牲者。

上人
しょうにん

智德兼備的僧侶。

十戒
じっかい

佛教中的十戒。

千手観音
せんじゅかんのん

千手觀音。

三界
さんがい

三界。大千世界。三世。

大国主命
おおくにぬしのみこと

日本神話中，出雲國的主神。

三途の川
さんずのかわ

冥河。

子安観音
こやすかんのん

保佑生產順利的觀世音菩薩。

宗教・信仰

山車
だし

祭典、廟會等用的花車。

不惜身命
ふしゃくしんみょう

為佛法不惜犧牲生命。

万灯会
まんどうえ

萬燈法會。

仁和寺
にんなじ

仁和寺。

不犯
ふぼん

守戒。僧侶不違反戒律。

化現
けげん

神佛現身降臨凡間。

不立文字
ふりゅうもんじ

禪宗的中心思想，指凡事只能意會無法言傳。

天女
てんにょ

天女。天仙。美女。女神。

不動明王
ふどうみょうおう

不動明王。

天道
てんとう

天神。上帝。太陽。

文殊
もんじゅ

文殊菩薩。

他生
たしょう

前世。他生。來世。

木食仏
もくじきぶつ

木食木雕佛。

出家
しゅっけ

出家。出家人。和尚。

木仏
きぶつ

木製的佛像。薄情的人。

功徳
くどく

功德。恩德。恩惠。

比丘尼寺
びくにでら

尼姑庵。

四天王
してんのう

四大天王。四大金剛。

牛頭
ごず

牛頭鬼。

外道
げどう

外道。異教。邪道。妖精。

生活

宗教・信仰

布袋
ほてい

布袋，日本七福神之一。

生贄
いけにえ

犠牲。活供品。犠牲品。

布袋和尚
ほていおしょう

布袋和尚。

仲見世
なかみせ

神社、寺院內的商店街。

玉串奉奠
たまぐしほうてん

奉獻玉串供奉神明。

因業
いんごう

罪孽。殘酷。鐵石心腸。無情。

生死流転
しょうじるてん

生死輪迴。

因縁
いんねん

因緣。關係。

生死無常
しょうじむじょう

生死無常。

回向
えこう

回向。為死者祈冥福。

地祇

ちぎ

地神。

劫火

ごうか

劫火。毀滅一切的大火。

在家

ざいけ

俗人。俗家子弟。鄉村房屋。村舍。

沙羅双樹

さらそうじゅ

佛門聖樹中的娑羅雙樹。

成仏

じょうぶつ

成佛。死亡。

供える

そなえる

供。供給。獻。

竹篦

しっぺい

佛具中的竹板。戒尺。

供物

くもつ

供物。供品。

卍

まんじ

卍字。中文讀做「ㄨㄢˋ」。

供花

くげ

供花。

宗教・信仰

供華
くげ

供花。

泥犁
ないり

地獄。

夜叉
やしゃ

夜叉。吃人的惡鬼。

法被
はっぴ

號衣。禪宗用的法被。日本能樂中男角的裝束。

念仏三昧
ねんぶつざんまい

專心念佛。

法華
ほっけ

法華經。法華宗。

易行道
いぎょうどう

佛教語，指藉由阿彌陀佛的力量而悟道。

法華経
ほけきょう

法華經。

東司
とうす

禪寺中的廁所。

盂蘭盆
うらぼん

盂蘭盆會。

祀る
まつる

祭奠。供奉。祭祀。

門跡
もんぜき

繼承一個宗派的寺院僧侶。

初詣
はつもうで

新年正月初次參拜神社。

阿修羅
あしゅら

阿修羅。惡神。

金剛
こんごう

佛教語，喻最優秀之意。堅硬無比。

阿鼻叫喚
あびきょうかん

阿鼻叫喚。呼救的慘叫聲。

金銅仏
こんどうぶつ

鍍金的銅佛。

阿鼻地獄
あびじごく

阿鼻地獄。

金仏
かなぶつ

金屬製的佛像。冷冰冰的人。

阿弥陀
あみだ

阿彌陀佛。

宗教・信仰

前生
ぜんしょう

前生。

疫病神
やくびょうがみ

瘟神。討厭鬼。喪門神。

南無三
なむさん

皈依三寶。

看経
かんきん

默讀經文。

帝釈天
たいしゃくてん

帝釋天神。佛教的護法神。

祈願成就
きがんじょうじゅ

祈禱靈驗。

施餓鬼
せがき

為無人祭祀的死者做水陸道場，超渡眾生。

祈祷
きとう

祈禱。

柏手
かしわで

拜神時拍手。

苦界
くがい

苦海。火坑。

苦患

くげん

佛教語中的苦患。苦惱。

修験者

しゅげんじゃ

佛教中修驗道的修行者。

香華

こうげ

供佛用的香和花。

冥加

みょうが

神佛暗中保佑。吉星高照。

毘沙門天

びしゃもんてん

毗沙門天王，佛教四天王之一。

娑婆

しゃば

紅塵。人間。人世間。俗世。監獄外的自由世界。

修行

しゅぎょう

修行。托缽。修學。練武。

宮司

ぐうじ

神社中的最高神官。

修祓

しゅうふつ

神道中的修禊。濯除不祥之物。

座主

ざす

住持僧。

宗教・信仰

海神
わたつみ

海神。龍王。大海。

神饌
しんせん

供品。

涅槃
ねはん

圓寂。涅槃。

神頼み
かみだのみ

求神保佑。

祠
ほこら

小廟。祠堂。

祝詞
のりと

日本祭神的古體祈禱文。

神棚
かみだな

神龕。佛龕。

祇園
ぎおん

祇院精舍。

神輿
みこし

神轎，祭祀時裝上神明牌位抬著遊街的轎子。

祓う
はらう

祈神祓除不祥。祈神消災。

笈

おい

遊方僧所背的書箱。

御供え物

おそなえもの

供品。供神用的圓形年糕。

曼陀羅

まんだら

諸佛菩薩圖。鮮豔的繪畫。

御神輿

おみこし

神轎。腰。屁股。

曼荼羅

まんだら

諸佛菩薩圖。鮮豔的繪畫。

御籤

みくじ

神社所設的籤。

基督

キリスト

基督。耶穌。

殺生

せっしょう

佛語中的殺生。殘酷。殘忍。

御利益

ごりやく

神佛等靈驗。他人給的恩惠。

現人神

あらひとがみ

隨時現身、靈驗的神。天皇之稱。

宗教・信仰

袈裟
けさ

袈裟。法衣。

菩提
ぼだい

菩提。

喜捨
きしゃ

布施。施捨。

菩提寺
ぼだいじ

家廟。

普請
ふしん

請求廣大信徒提供勞動力修建寺院。建築。施工。

華厳
けごん

華嚴宗。

結跏趺坐
けっかふざ

結跏趺坐，佛教中一種打坐的姿勢。

華厳経
けごんぎょう

華嚴經。

善男善女
ぜんなんぜんにょ

善男信女。

開眼供養
かいげんくよう

佛像開光供養。

勤行

ごんぎょう

處理佛教事務。

詣でる

もうでる

參拜。

塔頭

たっちゅう

禪宗祖師墳墓所在地。大寺院內的小寺。

遊行僧

ゆぎょうそう

行腳僧。

敬虔

けいけん

虔誠。虔敬。

僧都

そうず

僧都，日本佛教的官職名。

罪業

ざいごう

罪孽。

境内

けいだい

寺院內。

聖天

しょうでん

歡喜天。歡喜佛。

歌祭文

うたざいもん

日本江戶時代的一種祭文。

宗教・信仰

歎異抄
たんにしょう

鎌倉時代的法語集。親鸞（淨土宗始祖）的語錄。

閼伽棚
あかだな

佛壇、墳墓前供水、供花的架子。

輪廻転生
りんねてんしょう

輪迴轉生。

輿
こし

轎子。神轎。

遷化
せんげ

遷化。高僧、隱士等死亡。

還俗
げんぞく

僧人還俗。

諷経
ふぎん

齊聲念經。

難行苦行
なんぎょうくぎょう

苦修苦行。

閼伽
あか

佛壇、墳墓前供的水。

難行道
なんぎょうどう

難行道，自己修行領悟佛道的方法。

禰宜

ねぎ

在神社擔任神職的總稱。

帰依

きえ

皈依。

仏の座

ほとけのざ

佛壇。寶蓋草。珍珠草。

帰命

きみょう

皈依。

勧化

かんげ

勸化。

恵比寿

えびす

財神爺。

参詣

さんけい

參拜。朝山。

悪業

あくごう

惡行。前世的惡行。招致惡果的罪孽。

声明

しょうみょう

聲明。佛的讚歌。

払子

ほっす

拂塵。

宗教・信仰

数珠
じゅず

念珠。

発願
ほつがん

祈禱。禱告。許願。發願。

数珠玉
じゅずだま

念珠的珠子。

礼拝 *
らいはい

拜佛。

権化
ごんげ

菩薩下凡。神佛的化身。肉體化。

絵馬
えま

繪馬匾額。

歓喜天
かんぎてん

歡喜佛。大聖天。

虚無僧
こむそう

虛無僧，日本普化宗的蓄髮僧人。

灯明
とうみょう

佛燈。明燈。

衆生
しゅじょう

眾生。

＊也可讀做「れいはい」。

観世音
かんぜおん

觀世音菩薩。

観音
かんのん

觀世音菩薩。

読経
どきょう

念經。

霊験
れいげん

靈驗。神佛的感應。

黙示録
もくしろく

啟示錄。

一反
いったん

布匹和面積等的單位。

九九
くく

九九乘法。

升
ます

公升。

反
たん

布匹的單位。距離單位。
地積單位。

反比例
はんぴれい

反比。不成比例。

單位・數學

外法
そとのり

外徑。周邊尺寸。

割算
わりざん

除法。

弗
ドル

美元。

華氏
かし

華氏溫度。

挺
ちょう

杆、枝。槍等細長物的單位。

開立
かいりゅう

求立方根。

浬
かいり

海里。

間尺
ましゃく

工程、建築物等的尺碼。計算。比率。

畝
せ

畝，日本的土地面積單位。

暗算
あんざん

心算。

冪

べき

乘方。

枡

ます

公升。

三角関数

さんかくかんすう

三角函數。

下半期

しもはんき

會計年度的下半年度。

下期

しもき

會計年度的下半年。下半期。

上半期

かみはんき

會計年度的上半期。前半期。

上米

うわまい

交易中，仲介人收取的手續費。

上期

かみき

會計年度的上半期。前半期。

商業用語

子会社
こがいしゃ

子公司。

店仕舞い
みせじまい

停業。倒閉。打烊。

元手
もとで

資金。資本。本金。

蚤の市
のみのいち

跳蚤市場。

元金
もときん

資金。本金。

商う
あきなう

買賣。經商。做生意。

元締め
もとじめ

總管。總經理。首領。頭目。

商売敵
しょうばいがたき

商業上的競爭對手。

正味
しょうみ

淨重。淨剩。實數。實價。批發價。買進價。

問屋
とんや

批發商。

御用達

ごようたし

官廳特定的用品承辦商。

親会社

おやがいしゃ

總公司。

馘首

かくしゅ

解雇。免職。

乱高下

らんこうげ

行情狂漲暴跌。大幅度波動。

営む

いとなむ

經營。準備。建造。從事。

贋作

がんさく

偽造品。

贋物

がんぶつ

贗品。假貨。

贋造

がんぞう

贗造。假造。偽造。贗品。

生活

法律用語

控訴
こうそ

上訴。

慰謝料
いしゃりょう

贍養費。

裁き
さばき

裁判。審判。解析。判斷。分辨。

恩赦
おんしゃ

大赦。恩赦。特赦。

証憑湮滅
しょうひょういんめつ

毀滅證據。

時効
じこう

時效。

箝口令
かんこうれい

限制言論自由的命令。

認否
にんぴ

承認與否。

軍事・武器

九寸五分
くすんごぶ

短刀。匕首。

刃傷沙汰
にんじょうざた

動刀的殺傷事件。

匕首
あいくち

匕首。短劍。

五月雨戰術
さみだれせんじゅつ

拖拉戰術。

刃
やいば

刀刃。刀。劍。

切羽
せっぱ

刀鋒兩面的金屬片。

刃先
はさき

刀尖。

太刀
たち

長刀。洋刀。戰刀。

刃物
はもの

刀劍。刃具。

太刀風
たちかぜ

揮刀時的風。猛烈的刀法。

軍事・武器

火筒

ほづつ

槍炮。

兵糧

ひょうろう

軍糧。糧食。

火蓋

ひぶた

槍口罩。防火門。

兵糧攻め

ひょうろうぜめ

切斷敵軍糧道。

甲冑

かっちゅう

盔甲。

初陣

ういじん

初上戰場。初次參加比賽。

合口

あいくち

匕首。短劍。

近衛

このえ

禁衛兵。

兵

つわもの

士兵。戰士。勇士。幹將。能手。武器。兵器。

後備役

こうびえき

預備役。

段平

だんびら

寬刃刀。大砍刀。

虜

とりこ

俘虜。醉心於某事物不能自拔的人。

流れ弾

ながれだま

流彈。

槍

やり

長槍。矛。耍槍術。

軍配

ぐんばい

指揮軍隊配置、進退等。指揮扇。

敵方

てきがた

敵方。

砦

とりで

城寨。堡壘。據點。要塞。

諸刃

もろは

兩面刃。

絨毯爆撃

じゅうたんばくげき

地毯式轟炸。

鞘

さや

刀鞘。劍鞘。筆蓋。差價。

軍事・武器

檄文
げきぶん

檄文。號召令。

邀撃
ようげき

迎擊號召令。

鍔
つば

刀、劍的護手。鍋緣。帽簷。帽緣。

鍔元
つばもと

刀身和護手相接處。緊要關頭。關鍵所在。

両刃
もろは

兩面刃。雙刀。

両刃
りょうば

雙刃。

剣
つるぎ

劍。雙刃刀。

戦
いくさ

戰鬥。戰爭。

鉄兜
てつかぶと

鋼盔。

死亡相關

七七日
ななのか

死後四十九天。七七忌日。

亡骸
なきがら

屍首。遺骸。

二七日
ふたなのか

二七，人死後的第十四天。

大往生
だいおうじょう

壽終正寢。無疾而終。

入水
じゅすい

跳河自殺。

不祝儀
ぶしゅうぎ

晦氣。不吉利的事。葬禮。喪事。

三七日
みなのか

三七，人死後第二十一天。

凶刃
きょうじん

殺人兇器。

亡者
もうじゃ

死者。死後未能超渡的亡魂。利欲薰心的人。

弔い
とむらい

弔唁。弔喪。葬禮。殯儀。祭奠。為死者祈冥福。

死亡相關

末期
まつご

臨死。臨終。

死霊
しりょう

靈魂。冤魂。鬼魂。

末期の水
まつごのみず

給臨死的人口中含的水。

忌み明け
いみあけ

服喪期滿。

生霊
いきりょう

活人的冤魂。

忌引
きびき

服喪。喪假。

死屍累々
ししるいるい

死屍累累。

忌服
きぶく

戴孝。服喪期。

死装束
しにしょうぞく

白壽衣。剖腹自殺時穿的白色服裝。

往生
おうじょう

往生。死亡。屈服。難於應付。為難。困惑。

往生際

おうじょうぎわ

臨終。死心。斷念。

屍

しかばね

屍體。死屍。屍首。

服喪

ふくも

服喪。戴孝。

怨霊

おんりょう

冤魂。

板碑

いたび

塔形墓碑。

香典

こうでん

奠儀。

物故

ぶっこ

死去。故去。

祟る

たたる

鬼神降災。作崇。遭殃。遭致惡果。

客死

かくし

客死異鄉。

御魂

みたま

靈魂。

生活

死亡相關

御霊
みたま

靈魂。

通夜
つや

靈前守夜。徹夜祈禱。

悼む
いたむ

哀悼。悼念。悲傷。

最期
さいご

臨死。臨終。死亡。

祥月
しょうつき

忌辰之月。

喪中
もちゅう

服喪期間。

終焉
しゅうえん

臨終。臨死。

喪主
もしゅ

喪主。

荼毘
だび

火化。火葬。

喪服
もふく

喪服。孝衣。

喪章
もしょう
喪章，穿西服時多在左臂纏黑紗。

縊死
いし
吊死。

棺桶
かんおけ
棺材。

遺言❶
いごん
遺囑。

新盆
にいぼん
死後第一次的盂蘭盆會。

遺言❷
ゆいごん
遺囑。

新仏
あらぼとけ
盂蘭盆會新祭奠的亡靈。

遺詠
いえい
臨終前遺留的詩。

魂魄
こんぱく
靈魂。魂魄。

薨去
こうきょ
薨逝。

死亡相關

悪霊
あくりょう

惡鬼。冤魂。

惨死
ざんし

慘死。死得悲慘。

断弦
だんげん

斷弦，妻子死亡。

黄泉の国
よみのくに

陰曹地府。

機器

手機
てばた

手織機。

耕耘機
こううんき

耕耘機。

鳴子
なるこ

田間驅鳥器。

輪転機
りんてんき

輪轉印刷機。

轆轤
ろくろ

絞車。滑輪。傘軸。

喜慶・節日

七夕
たなばた

七夕。織女星。

賀正
がしょう

恭賀新春。慶賀新年。

大晦日
おおみそか

十二月三十一日。跨年。

寿
ことぶき

慶賀。祝詞。長壽。

吉左右
きっそう

喜報。佳音。

寿ぐ
ことほぐ

祝賀。致賀詞。

幸先
さいさき

吉兆。喜兆。預兆。前兆。

歳暮
せいぼ

年終。歲末。年終贈送的禮品。

祝言
しゅうげん

祝詞。賀詞。喜事。婚禮。

紙類相關

反故
ほご

廢紙。作廢。取消。廢物。

紙吹雪
かみふぶき

祝賀時投擲的彩色碎紙屑。碎紙屑飛舞。

奉書紙
ほうしょがみ

用桑科植物纖維造的一種高級日本白紙。

紙型
しけい

印刷用紙型。

板紙
いたがみ

紙板。

罫紙
けいし

格紙。有格子的紙。

厚紙
あつがみ

厚紙。馬糞紙。

縮緬紙
ちりめんがみ

縐紋紙。

型紙
かたがみ

染花紋的紙板。裁衣服的紙型。紙樣。

薄紙
うすがみ

薄紙。

帯封

おびふう

郵寄報紙等的封帶。腰封。

折り紙

おりがみ

折紙。保證書。

落し紙

おとしがみ

廁所用紙。衛生紙。

漁獵

投網

とあみ

撒出後呈圓形的魚網。撒網。

殺生禁断

せっしょうきんだん

禁止漁獵。

漁

りょう

打魚。捕魚。漁獲量。

漁る❶

あさる

打魚。捕魚。尋找食物。尋求。獵取。

漁る❷

いさる

打魚。

漁獵

網代

あじろ

魚梁。順水勢設障孔的捕魚裝置。

銛

もり

魚叉。

潮干狩り

しおひがり

趕海。拾潮。落潮時在海灘拾魚貝等。

睡眠

不貞寝

ふてね

因嘔氣、鬧彆扭而躺下睡覺。

微睡む

まどろむ

打盹。打瞌睡。假寐。

寝冷え

ねびえ

睡覺著涼。

寝相

ねぞう

睡相。睡覺的姿勢。

寝惚ける

ねぼける

睡醒後意識還未清醒。睡迷糊。

寝溜め

ねだめ

先睡足覺，養精蓄銳。

寝癖

ねぐせ

睡相不好。幼兒睡覺時要人陪睡等的壞習慣。

雑魚寝

ざこね

許多人擠在一塊睡。

陰曆

睦月

むつき

陰曆正月。

如月

きさらぎ

農曆二月。

弥生

やよい

農曆三月。

卯月

うづき

農曆四月。

皐月

さつき

陰曆五月。杜鵑。

陰曆

水無月
みなづき

農曆六月。

文月
ふづき

陰曆七月。

葉月
はづき

陰曆八月。

長月
ながつき

陰曆九月的別稱。

神無月 *
かみなづき

陰曆十月。

霜月
しもつき

農曆十一月。

師走
しわす

陰曆十二月。

十六夜
いざよい

農曆十六夜晚時的月亮。

重陽
ちょうよう

陰曆九月九日。重陽。

＊也可讀做「かむなづき」或「かんなづき」。

年齡

七十路
ななそじ

七十歲。七十年。

同い年
おないどし

同歲。同年。

二十歳
はたち

二十歲。

年嵩
としかさ

年長。歲數大。年老。上年紀。

三十路
みそじ

三十歲。

米寿
べいじゅ

八十八歲壽辰。

六十路
むそじ

六十歲。

卒寿
そつじゅ

九十歲壽辰。

古稀
こき

七十歲。

傘寿
さんじゅ

八十歲。祝賀八十大壽。

年齡

喜寿
きじゅ

七十七歲誕辰。

華甲
かこう

花甲，年滿六十歲。

齢
よわい

年齡。年紀。

星座・天文

乙女座
おとめざ

處女座。

山羊座
やぎざ

山羊座。摩羯座。

天の川
あまのがわ

銀河。

天文学
てんもんがく

天文學。

水瓶座
みずがめざ

水瓶座。

射手座

いてざ

人馬座。射手座。

彗星

すいせい

彗星。掃把星。

魚座

うおざ

雙魚座。

綺羅星

きらぼし

燦爛的群星。冠蓋雲集。

蠍座

さそりざ

天蠍座。

牡羊座

おひつじざ

牡羊座。白羊座。

牡牛座

おうしざ

牡牛座。金牛座。

双子座

ふたござ

雙子座。

蟹座

かにざ

巨蟹座。

獅子座

ししざ

獅子座。

星座・天文

天秤座
てんびんざ

天秤座。

流れ星
ながれぼし

流星。馬頭頂上的白色斑點。

北斗七星
ほくとしちせい

北斗七星。

特定日期

一日
ついたち

一號。一日。

一昨々日
さきおととい

大前天。

二十日
はつか

二十號。二十日。

二日
ふつか

二號。二日。

三十日
みそか

三十號。月底。每個月的最後一天。

大安吉日

たいあんきちじつ

黃道吉日。

花金

はなきん

即將進入周休二日的令人心情爽快的星期五。

五十日

ごとおび

每月的五、十、十五、二十、二十五、三十日。

晦日

みそか

三十號。月底。每個月的最後一天。

今日

きょう

今天。

翌日

よくじつ

翌日。次日。第二天。

明日 ＊1

あした

明天。

新嘗祭

にいなめさい

原古代宮廷活動，後成為日本現代的勤勞感謝日。

明後日 ＊2

あさって

後天。

悪日

あくにち

凶日。倒霉的日子。

＊1 也可讀做「みょうにち」。

＊2 也可讀做「みょうごにち」。

某段時期

幾日
いくか

幾天。

予め
あらかじめ

預先。事先。

一寸
ちょっと

稍微。一會兒。

今生
こんじょう

今生。今世。

久々
ひさびさ

好久。許久。

今年
ことし

今年。

久遠
くおん

久遠。永遠。永久。

今昔
こんじゃく

今昔。

已に
すでに

已經。即將。正值。

今明日
こんみょうにち

今天或明天。

今時

いまどき

現代。當代。如今。這個時候。

平生

へいぜい

平日。平素。平時。

厄年

やくどし

厄運之年。坎坷的一年。

未だ

いまだ

尚未。迄今。

日時

にちじ

日期和時間。

永劫

えいごう

永遠。永久。

月極

つきぎめ

包月。按月付款。

年中

ねんじゅう

全年。經常。

古今

こきん

過去與現在。自古至今。

早早

はやばや

很早地。很快地。

某段時期

早急
さっきゅう
緊急。火速。火急。趕忙地。

幾月
いくつき
幾個月。

忽ち
たちまち
轉瞬間。立刻。忽然。突然。

閏年
うるうどし
閏年。

昨今
さっこん
近來。最近。

端境期
はざかいき
青黃不接時期。

時節柄
じせつがら
鑒於局勢。鑒於這種季節。

繁く
しげく
頻繁。經常。

神武景気
じんむけいき
神武景氣，指1956年至1957年的景氣。

氷河期
ひょうがき
冰河時代。

日・月・夜

三日月
みかづき

月牙。新月。

東雲
しののめ

黎明。拂曉。

今夕
こんせき

今晚。

真っ昼間
まっぴるま

大天白日。正中午。白晝。

今朝
けさ

今晨。今天早晨。

朧月夜
おぼろづきよ

月色朦朧的夜晚。

更ける
ふける

夜深。秋意濃。

晩方
ばんがた

傍晚。將近黃昏。

明朝
みょうちょう

明天早晨。

暁
あかつき

拂曉。

時間

一時
いっとき
短時間。一下子。某一時期。古時的一個時辰。

真っ直中
まっただなか
正當中。正中間。正中央。最盛的時候。

小一時間
こいちじかん
將近一小時。差不多一小時。

寅
とら
寅。寅時。東和東北之間的方位。

巳
み
巳，地支的第六位。巳時，相當於上午9點到11點。

最中
さなか
正當中。最盛期。最高潮。

干支
えと
天干地支。

瞬く間
またたくま
眨眼之間。一瞬間。閃爍。

咄嗟
とっさ
瞬間。一轉眼。轉眼之間。

刹那
せつな
瞬間。頃刻。

黃昏
たそがれ

黃昏。傍晚。人生的衰老時期。

普段
ふだん

平常。平素。日常。

逸早く
いちはやく

很快地。迅速地。飛快地。馬上。

雲

入道雲
にゅうどうぐも

積雨雲。

夕映え
ゆうばえ

晚霞。火燒雲。

五月雨雲
さみだれぐも

梅雨的烏雲。

茜雲
あかねぐも

在朝陽、夕陽映照下呈現暗紅色的雲。

薄雲
うすぐも

薄雲。

雲

巻積雲 *
けんせきうん

卷積雲。

鼬雲
いたちぐも

積亂雲。

朧雲
おぼろぐも

高層雲。下雨的前兆。

雨雲
あまぐも

雨雲。陰雲。

淡雲
あわくも

薄雲。

雨・風・雪

小降り
こぶり

下小雨。下小雪。

小糠雨
こぬかあめ

毛毛雨。

五月雨
さみだれ

梅雨。

木枯らし
こがらし

寒風，秋末冬初刮的冷風。

卯の花腐し
うのはなくたし

梅雨的別稱。

＊也可寫做「絹積雲」。

本降り
ほんぶり

雨下的很大。

空梅雨
からつゆ

乾旱的梅雨期。

白南風
しらはえ

梅雨期過後刮的南風。

雨水
あまみず

雨水。

早霜
はやじも

早霜。

戦ぐ
そよぐ

被風吹動沙沙作響。微微搖動。

吹雪
ふぶき

暴風雪。

俄雨
にわかあめ

急雨。驟雨。

牡丹雪
ぼたんゆき

鵝毛大雪。大雪片。

風下
かざしも

下風處。

雨・風・雪

風上
かざかみ

上風處。

高嶺颪
たかねおろし

從山峰上吹下來的風。

風花
かざばな

飄的雪。飛雪。雪花。

梅雨
つゆ

梅雨。梅雨期。梅雨季節。

時化
しけ

暴風雨。因暴風打不著魚。戲不賣座。生意蕭條。

氷雨
ひさめ

冰雹。雨霰。秋雨。冷雨。

時雨
しぐれ

陣雨。

深雪
みゆき

積雪。

疾風
はやて

疾風。暴風。小兒痢疾。疫痢。

野分
のわき

颱風。秋季刮的大風。

雪化粧

ゆきげしょう

因積雪，景色、景觀白而美麗。

浦風

うらかぜ

海風。海邊的風。

雪崩

なだれ

雪崩。蜂擁。

篠突く雨

しのつくあめ

傾盆大雨。

雪催い

ゆきもよい

天陰欲雪。就要下雪的樣子。

霙

みぞれ

夾著雨的雪。雨雪交加。

菜種梅雨

なたねづゆ

三月下旬至四月，油菜籽盛開時期連續下的雨。

霰

あられ

霰。粒雪。雪珠。切成小碎塊的年糕。

微風

そよかぜ

微風。和風。

凩

こがらし

寒風，秋末冬初刮的冷風。

雨・風・雪

風穴
ふうけつ

山腰、溪間的夏季吹出涼風的風穴。

秋雨
あきさめ

秋天下的雨。秋雨。

雪花 *
せっか

雪的結晶。雪花。

＊也可寫做「雪華」。

山

山懐
やまふところ

山間的窪地。

狭間
はざま

縫隙。狹縫。山谷。峽谷。山澗。

洞穴
ほらあな

洞穴。山洞。

高嶺
たかね

高峰。高山頂。

崖っ縁
がけっぷち

懸崖邊上。

深山

みやま

深山。

麓

ふもと

山麓。山腳下。

峠

とうげ

山頂。山顛。嶺。頂點。關鍵。危險期。難關。

河川・海洋

大海原

おおうなばら

大海。滄海。汪洋大海。

女波

めなみ

低浪。波谷。

川下

かわしも

下游。

川上

かわかみ

上游。河邊。

川尻

かわじり

河口。

河川・海洋

川沿い
かわぞい

沿著河。河邊。

決河
けっか

決堤。

川面
かわも

河面。河畔。

男波
おなみ

波浪起伏中的大浪。

川原
かわら

河灘。

男滝
おだき

一對瀑布中較大的那一個。

干る
ひる

落潮。退潮。乾。用盡。

河川敷
かせんしき

河川的占地。

干潟
ひがた

退潮後露出來的沙灘。

河岸
かし

河岸。魚市。飲食玩樂等的場所。

青海原

あおうなばら

汪洋大海。滄海。海洋。

淡海

あわうみ

淡水海。湖。

岬

みさき

海角。

清水

しみず

清澈的泉水。

秋波

しゅうは

秋天的水波。秋波。

渚

なぎさ

岸邊。水濱。海濱。

海原

うなばら

海洋。大海。

朝凪

あさなぎ

海邊的早晨風平浪靜。

海辺

うみべ

海濱。

潮干

しおひ

落潮。退潮。

河川・海洋

磯
いそ

海岸。湖濱。琴身的側面。

荒海
あらうみ

波濤洶湧的海。

徒波
あだなみ

胡亂翻騰的波濤。易變的人心。

岩石・寶石・礦物

砂利
じゃり

砂石。碎石子。小孩。

真鍮
しんちゅう

黃銅。

御影石
みかげいし

花崗岩。

粗金
あらがね

礦砂。鐵。

雲母
うんも

雲母。

瑪瑙

めのう

瑪瑙。

翡翠

ひすい

翡翠。翡翠鳥。

磐石

ばんじゃく

磐石。如磐石般堅固。不可動搖。

火山岩

かざんがん

火山岩。

鋼

はがね

鋼。鋼鐵。

巌

いわお

大石。岩石。

緑青

ろくしょう

銅綠。銅鏽。銅綠色染料。

黒金

くろがね

鐵。

太陽

天日
てんぴ

太陽光。太陽熱。

払暁
ふつぎょう

拂曉。黎明。

日照り
ひでり

太陽強烈照射。乾旱。缺乏。

朝日
あさひ

朝陽。早晨的陽光。

木洩れ日
こもれび

從樹葉間隙照射出來的陽光。

入り日
いりひ

落日。夕陽。

御天道様
おてんとさま

太陽。老天爺。

曙
あけぼの

曙光。黎明。

天空・自然景觀

冬空
ふゆぞら

冬季的天空。

高天原
たかまがはら

上天。天國。天空。太空。

冬景色
ふゆげしき

冬天的景色。

滴 ＊
しずく

水滴。

泥濘る
ぬかる

泥濘。

氷柱
つらら

冰柱。

秋空
あきぞら

秋天的晴空。

汚泥
おでい

汚泥。

虹
にじ

彩虹。

雨空
あまぞら

降雨的天空。快下雨的天空。

＊也可寫做「雫」。

火相關

小火
ぼや

小火災。小火警。

松明
たいまつ

火把。

不知火
しらぬい

神秘火光。

直火
じかび

直接烘烤的火。

不審火
ふしんび

原因不明的火災。

狼煙
のろし

狼煙。烽火。

中火
ちゅうび

文火。中火。

篝火
かがりび

篝火。

火影
ほかげ

火光。燈光。人影。燈影。

残り火
のこりび

燃燒後剩下的灰燼。餘燼。

天氣

小春日和
こはるびより

小陽春天氣。天暖和煦的天氣。

灼ける
やける

灼熱。

五月晴れ
さつきばれ

梅雨季節中的晴天。

灼熱
しゃくねつ

炎熱。燒熱。加熱。灼熱。

日和
ひより

天氣。晴天。好天氣。趨勢。形勢。

底冷え
そこびえ

寒冷徹骨。

半夏生
はんげしょう

半夏日（夏至算起第十一天）。半夏生草木。

長閑
のどか

天氣晴朗。悠閒。舒適。

冷え冷え
ひえびえ

冷颼颼。冷清清。孤寂。空虛。

秋日和
あきびより

秋高氣爽。

天氣

凍てる
いてる

冰凍。冰冷。

曇天
どんてん

陰天。

深ける
ふける

季節、夜深。夜闌。

薄曇り
うすぐもり

半陰半晴的天氣。

陽炎
かげろう

游絲，春季地面上的水蒸氣。暖氣。熱浪。

麗らか
うららか

天氣晴朗。滿面春風。

極寒
ごっかん

極冷。最冷時期。

温気
うんき

溫和。悶熱。

酷寒
こっかん

嚴寒。

麦秋
ばくしゅう

麥子成熟的初夏。麥秋。陰曆四月。

二十四節氣

立春
りっしゅん

立春。

穀雨
こくう

穀雨。

雨水
うすい

雨水。

立夏
りっか

立夏。

啓蟄
けいちつ

驚蟄。

小満
しょうまん

小滿。

春分
しゅんぶん

春分。

芒種
ぼうしゅ

芒種。

清明
せいめい

清明。

夏至
げし

夏至。

二十四節氣

小暑
しょうしょ

小暑。

大暑
たいしょ

大暑。

立秋
りっしゅう

立秋。

処暑
しょしょ

處暑。

白露
はくろ

白露。

秋分
しゅうぶん

秋分。

寒露
かんろ

寒露。

霜降
そうこう

霜降。

立冬
りっとう

立冬。

小雪
しょうせつ

小雪。

大雪

たいせつ

大雪。

冬至

とうじ

冬至。

小寒

しょうかん

小寒。

大寒

だいかん

大寒。

身體部位

十指

じっし

十指。眾人所指。

上膊部

じょうはくぶ

上臂部。

上顎骨

じょうがくこつ

上顎骨。

小腹

こばら

下腹部。小腹。

五臟六腑

ごぞうろっぷ

五臟六腑。

身體部位

太鼓腹
たいこばら

大肚子。大腹便便。

肝
きも

肝臟。五臟六肺。膽量。
內心深處。

出臍
でべそ

肚臍突出。凸肚臍。

乳房
ちぶさ

乳房。

耳朶
じだ

耳朵。

股
また

胯。胯下。褲襠。

肋骨
あばらぼね

肋骨。

股関節
こかんせつ

骨關節。

臼歯
きゅうし

臼齒。

肩甲骨
けんこうこつ

肩胛骨。

度肝

どぎも

膽子。

胸苦しい

むなぐるしい

胸口憋得難受。喘不過氣來。

盆の窪

ぼんのくぼ

頸窩。

脊柱

せきちゅう

脊柱。

拳骨

げんこつ

拳頭。

脊椎

せきつい

脊椎。

胸毛

むなげ

胸毛。鳥類的胸毛。

脛

はぎ

脛。小腿。

胸板

むないた

胸脯。胸部。胸膛。胸鎧。

脛毛

すねげ

小腿上的毛。

身體部位

喉仏
のどぼとけ

喉結。

項
うなじ

脖頸。

掌❶
たなごころ

掌。手掌。

節節
ふしぶし

身體關節。竹子的關節。許多地方。

掌❷
てのひら

手掌。掌心。

腸
はらわた

腸。內臟。心地。瓜瓤。

椎間板
ついかんばん

椎間盤。

鳩尾
みぞおち

心窩。胸口。

腋毛
わきげ

腋毛。

鼠蹊部
そけいぶ

鼠蹊部。

腿

もも

大腿。

裸足

はだし

赤腳。赤足。敵不過。

膝下

しっか

膝下。

膝蓋骨

しつがいこつ

膝蓋骨。

踝

くるぶし

腳踝骨。

踵❶

きびす

腳後跟。鞋後跟。

踵❷

くびす

腳後跟。

頭蓋骨

ずがいこつ

顱骨。頭蓋骨。

臀部

でんぶ

臀部。屁股。

贅肉

ぜいにく

贅疣。肉瘤。肥肉。

身體部位

会陰
えいん

會陰。

懐
ふところ

胸。懷。懷抱。腰包。內幕。心事。

産毛
うぶげ

胎毛。胎髮。汗毛。

静脈
じょうみゃく

靜脈。

頭部・臉

九十九髪
つくもがみ

老婦的白髮。

二重瞼
ふたえまぶた

雙眼皮。

八重歯
やえば

虎牙。暴牙。

三白眼
さんぱくがん

三白眼。黑眼珠偏上，下方及左右眼白多的眼。

口唇裂
こうしんれつ

唇裂。兔唇。

口腔

こうこう

口腔。

出っ歯

でっぱ

暴牙。

口蓋骨

こうがいこつ

上顎骨。

瓜実顔

うりざねがお

瓜子臉。

大臼歯

だいきゅうし

大臼齒。

白髪

しらが

白髮。

小鼻

こばな

鼻翼。

目頭

めがしら

內眼角。眼角。

反歯

そっぱ

暴牙。露出牙齒。

目縁

まぶち

眼眶。眼圈。

頭部・臉

血眼
ちまなこ

充滿血絲的眼睛。

眉間
みけん

眉間。前額的中央。

赤毛
あかげ

紅髮。

胡座鼻
あぐらばな

塌鼻子。

赤緑色盲
せきりょくしきもう

紅綠色盲。

面
おもて

臉。假面具。物的表面。面子。

泣き面
なきつら

哭臉。

面子
メンツ

面子。體面。威信。

後ろ髪
うしろがみ

後腦的頭髮。

面体
めんてい

相貌。

面長

おもなが

長臉。

眼窩

がんか

眼窩。

茶髪

ちゃぱつ

染成咖啡色的頭髮。

細面

ほそおもて

長臉。

逆毛

さかげ

倒豎的毛髮。

眥

まなじり

眼角。

眼

まなこ

眼珠。眼睛。眼界。視野。

富士額

ふじびたい

婦女前額像富士山形的髮際。

眼差し

まなざし

目光。眼神。視線。

無精髭

ぶしょうひげ

鬍子疏於整理而顯得長而凌亂。

頭部・臉

痘痕
あばた
麻臉。麻子。臉上坑坑疤疤。

貌
かお
臉。面子。

菱形顔
ひしがたがお
菱形臉。

髯
ひげ
鬍鬚。動物的鬚。

睫
まつげ
睫毛。

親不知
おやしらず
智齒。不認識父母的孤兒。波浪滔天的危險海濱。

鉤鼻
かぎばな
鷹鉤鼻。

髭
ひげ
鬍鬚。動物的鬚。

碧眼
へきがん
藍眼珠。西洋人。

額
ひたい
額頭。天庭。

額際

ひたいぎわ

前額的髮際。

歯肉

しにく

牙齦。

歯茎

はぐき

牙床。牙齦。

薬缶頭

やかんあたま

禿頭。

下痢

げり

瀉肚。腹瀉。

下剤

げざい

瀉藥。

小児科

しょうにか

小兒科。

不養生

ふようじょう

不注意健康。不注意保養身體。

六味丸

ろくみがん

六味丸，一種中藥。

病痛・醫療

反吐
へど

嘔吐。嘔吐物。

生薬❷
しょうやく

生藥。

水疱瘡
みずぼうそう

水痘。

汗疹
あせも

痱子。

火傷
やけど

燒傷。燙傷。遭殃。吃虧。

血反吐
ちへど

吐胃血。

代謝
たいしゃ

代謝。

血染め
ちぞめ

血染。沾滿鮮血。

生薬❶
きぐすり

生藥。中藥。

血塗れ
ちまみれ

沾滿鮮血。渾身是血。

伝染る

うつる

傳染。感染。

桂枝茯苓丸

けいしぶくりょうがん

桂枝茯苓膠囊，一種中藥藥劑。

怪我人

けがにん

受傷的人。傷者。

疾病

しっぺい

疾病。

空咳

からせき

乾咳。假咳嗽。

病

やまい

病症。毛病。惡癖。

胃洗浄

いせんじょう

洗胃。

荒療治

あらりょうじ

用劇烈藥劑或方法治療。激烈手段。嚴厲措施。

風邪

かぜ

傷風。感冒。

骨粗鬆症

こつそしょうしょう

骨質疏鬆症。

病痛・醫療

患う
わずらう

患病。

超音波
ちょうおんぱ

超音波。

捻挫
ねんざ

扭傷。挫傷。

跛
あしなえ

瘸子。跛腳。

軟膏
なんこう

軟膏。藥膏。

塞栓症
そくせんしょう

栓塞症。

雀斑
そばかす

雀斑。

溜飲
りゅういん

因食物停滯而引起的胃酸逆流。胃灼熱。

痙る
ひきつる

痙攣。抽筋。

解毒
げどく

解毒。

解熱剤

げねつざい

退燒藥。解熱劑。

霍乱

かくらん

霍亂。

瘋癲

ふうてん

瘋癲。精神病。放蕩少年。

擦過傷

さっかしょう

擦傷。蹭傷。

鼻中隔

びちゅうかく

鼻腔中央的間壁。

繃帯

ほうたい

繃帶。紗布。

鼻血

はなぢ

鼻血。鼻出血。

膿む

うむ

化膿。

篤い

あつい

危篤。病重。

鍼

はり

針灸療法。針灸的針。

病痛・醫療

癒える
いえる

治癒。痊癒。

脚気
かっけ

腳氣病。

癒す
いやす

治療。醫治。

脱臼
だっきゅう

脫臼。脫位。

仮病
けびょう

假裝生病。

脳溢血
のういっけつ

腦溢血。

壊疽
えそ

壞疽。

黄疸
おうだん

黃疸。

帯状疱疹
たいじょうほうしん

帶狀皰疹。

生理狀況

欠伸
あくび

哈欠。

虫酸
むしず

感覺噁心時胃裏冒出的酸水。

火照り
ほてり

臉發熱。因憤怒或害羞臉頰漲紅。

冷え性
ひえしょう

因血液循環不好容易著涼的體質。

目眩
めまい

頭暈。眼花。

冷汗
ひやあせ

冷汗。

目眩く
めくるめく

頭昏眼花。頭暈。眼花撩亂。

浮腫む
むくむ

浮腫。水腫。

吃逆
しゃっくり

打嗝。

阿吽
あうん

吐氣和吸氣。呼吸。

生理狀況

洟
はな

鼻涕。

脂汗
あぶらあせ

黏汗。冷汗。

疼く
うずく

針扎似地作痛。痛楚。陣陣劇疼。

脂足
あぶらあし

容易出油的腳。

眩暈❶
げんうん

眩暈。頭暈目眩。

脂性
あぶらしょう

油性皮膚。

眩暈❷
めまい

頭暈。眼花。

鬼の霍乱
おにのかくらん

健康的身體有時也會生病。

脂手
あぶらで

容易出油的手。

排泄物
はいせつぶつ

排泄物。分泌物。

涎
よだれ

口水。

唾
つば

唾液。唾沫。

瘤
こぶ

瘤子。腫包。疙瘩。累贅。

凝り
こり

肌肉僵硬。酸痛。

噯
おくび

打嗝。

頭熱
ずねつ

頭部發燒。

鼾
いびき

鼾聲。

荒れ性
あれしょう

乾性皮膚。

懷孕・生產

出生
しゅっしょう

出生。誕生。出生地。

出生届
しゅっしょうとどけ

出生申報單。

孕む
はらむ

懷孕。妊娠。孕育。內含。包藏。

未生
みしょう

未出生。

妊る
みごもる

懷孕。

育む
はぐくむ

哺育。養育。培育。孵。維護。

身籠る
みごもる

懷孕。

乳母車
うばぐるま

嬰兒車。

初産
ういざん

頭產。第一胎。

後産
あとざん

胎兒出生時排出的胎盤等。

逆子

さかご

胎兒腳先出來的分娩方式。

誕生

たんじょう

出生。誕生。創辦。成立。

悪阻❶

おそ

孕吐。

悪阻❷

つわり

孕吐。

産土

うぶすな

出生地。

産湯

うぶゆ

新生兒第一次洗澡。

産声

うぶごえ

新生兒的第一次哭叫聲。

産気

さんけ

將要分娩的感覺。

樹木

大銀杏
おおいちょう

大銀杏樹。

木の芽
このめ

樹芽。

山茶花
さざんか

茶梅。油梅。

木の葉
このは

樹葉。微小。微不足道。

山楂子
さんざし

山楂。

木の実
このみ

果實。

五加
うこぎ

五加。

木天蓼
またたび

木天蓼。葛棗。

公孫樹
いちょう

公孫樹，銀杏的別名。

木陰
こかげ

樹蔭。樹底下。

木槿

むくげ

木槿。

肌理

きめ

木紋。木理。皮膚紋理。

白太

しらた

白色杉木。邊材。

伽羅

きゃら

沉香。

白檀

びゃくだん

白檀。檀香。

杏子

あんず

杏樹。

合歓

ねむ

合歡樹。

沈香

じんこう

沉香。

合歓木

ねむのき

合歡樹。

辛夷

こぶし

辛夷。

樹木

松脂
まつやに

松脂。樹脂。

紅葉狩り
もみじがり

賞楓。

芥子粒
けしつぶ

罌粟的種籽。極微小的東西。

若木
わかぎ

小樹。

金木犀
きんもくせい

丹桂。

柊
ひいらぎ

異葉木犀。

枸杞
くこ

枸杞。

凌霄花
のうぜんかずら

凌霄。紫葳。

紅葉
もみじ

樹葉秋天變黃或變紅。槭樹。楓樹。

桂
かつら

桂樹。傳說月中有桂樹，所以也以桂借指月亮。

茱萸

ぐみ

茱萸。

粗皮

あらかわ

樹木或穀物的表皮。

馬酔木 *

あせび

馬醉木。

翌檜

あすなろ

羅漢柏。

梢

こずえ

樹梢。枝頭。

棕櫚

しゅろ

棕櫚。

梓

あずさ

梓。中國古代的印版。

棗

なつめ

棗樹。

梔子

くちなし

梔子。

無花果

いちじく

無花果。無花果樹。

＊也可讀做「あしび」。

樹木

菩提樹
ぼだいじゅ

菩提樹。

楢
なら

櫟樹。橡樹。

雄竹
おだけ

苦竹。大竹。

椿
つばき

山茶。

雄松
おまつ

黑松。

楸
ひさぎ

楸樹。

楠
くすのき

樟樹。

萩
はぎ

胡枝子。

楓
かえで

楓樹。

槐
えんじゅ

槐樹。

漆
うるし

漆樹。漆。

樟
くすのき

樟樹。

蒲柳
ほりゅう

水楊。體質弱。

樅
もみ

日本冷杉。

銀杏
ぎんなん

銀杏。白果。

橡
くぬぎ

麻櫟。

雌松
めまつ

赤松。

檳榔樹
びんろうじゅ

檳榔樹。

榎
えのき

朴樹。

櫟
くぬぎ

麻櫟。

植物

樹木

団栗
どんぐり

櫟樹、青岡櫟等的果實。橡實。

柾目
まさめ

直木紋。

椚
くぬぎ

麻櫟。

雑木林
ぞうきばやし

雜樹林。雜樹叢。

花草

大輪
たいりん

大朵的花。

女郎花
おみなえし

女蘿，秋天的七草之一。敗醬草。

山葵
わさび

芥末。

万年青
おもと

萬年青。

五倍子
ふし

鹽膚木。

刈萱

かるかや

黃背草。

石楠花

しゃくなげ

石楠花。

勿忘草

わすれなぐさ

勿忘草。

向日葵

ひまわり

向日葵。

天南星

てんなんしょう

天南星。

早咲き

はやざき

花早開。早開的花。

水松

みる

水松，一種海藻。

百日紅

さるすべり

百日紅，紫薇的別名。

甘草

かんぞう

甘草。

百合

ゆり

百合。

花草

羊歯
しだ

鳳尾草。蕨類植物。

彼岸花
ひがんばな

石蒜。龍爪花。

吾亦紅
われもこう

地榆。薔薇科植物。

芝生
しばふ

草坪。矮草林。

弟切草
おとぎりそう

小連翹。

花卉
かき

花卉。花草。

杜若
かきつばた

燕子花。

花蕊
かずい

花蕊。

芍薬
しゃくやく

芍藥。

花穂
かすい

穗狀花。

芥子

けし

罌粟花。

姥桜

うばざくら

緋櫻的一種。半老徐娘。

虎杖

いたどり

虎杖。

秋桜

コスモス

大波斯菊。

返り花

かえりばな

過了開花季節卻再次開花。

紅蓮

ぐれん

鮮紅。紅蓮花。

金盞花

きんせんか

金盞花。

茅

ちがや

白茅。茅草。

青瓢箪

あおびょうたん

青葫蘆。面黃肌瘦的人。

桔梗

ききょう

桔梗。

花草

茴香
ういきょう

茴香。

紫苑
しおん

紫菀。

茗荷
みょうが

蘘荷。

紫陽花
あじさい

八仙花。繡花球。

曼珠沙華
まんじゅしゃげ

石蒜。

雄蕊 *
おしべ

雄蕊。

御形
ごぎょう

鼠麴草。

菫
すみれ

紫羅蘭。堇菜。

荻
おぎ

荻。

菘
すずな

蕪菁。

＊也可讀做「ゆうずい」。

菖蒲

あやめ

鳶尾花。

葉鶏頭

はげいとう

雁來紅。

菖蒲

しょうぶ

菖蒲。

葛❶

かずら

攀緣莖。蔓草的總稱。

瑞穂

みずほ

新鮮的稻穗。

葛❷

くず

葛。

葵

あおい

葵。

虞美人草

くびじんそう

虞美人草。麗春花。

葦

あし

蘆葦。

蒲公英

たんぽぽ

蒲公英。

花草

辣韮
らっきょう

野韭。

薔薇
ばら

野薔薇。薔薇花。玫瑰花。

雌蕊
めしべ

雌蕊。

薊
あざみ

薊。刺兒菜。

撫子
なでしこ

紅瞿麥。

雛罌粟
ひなげし

虞美人。麗春花。

蔓
かずら

蔓草。

罌粟
けし

罌粟。

薄
すすき

芒草。狗尾草。

藺草
いぐさ

燈心草。

生長・器官

浜木綿

はまゆう

文殊蘭。

竜胆

りんどう

龍膽草。

黄麻

おうま

黃麻。

胚乳

はいにゅう

胚乳。

胚芽

はいが

胚芽。

胞衣

えな

胎盤。

若葉

わかば

嫩葉。新葉。

凋む

しぼむ

枯萎。凋謝。癟。

生長・器官

棘
とげ

植物的刺。扎在身上的刺。話裏有刺。

萌える
もえる

出芽。發芽。萌芽。

熟む
うむ

果實成熟。

簇生
そうせい

叢生。

実生
みしょう

土生土長。由種子發芽而生長。

実物
みもの

會結果的草木。果菜。

光合成 *
こうごうせい

光合作用。

葉緑体
ようりょくたい

葉綠體。

＊也可讀做「ひかりごうせい」。

蔬菜

土筆
つくし

問荊，或稱筆頭菜。

冬瓜
とうがん

冬瓜。

大蒜
にんにく

大蒜。

布海苔
ふのり

鹿角海蘿。

万能葱
ばんのうねぎ

細蔥。

玉蜀黍
とうもろこし

玉米。

壬生菜
みぶな

壬生菜。

生姜
しょうが

生薑。

牛蒡
ごぼう

牛蒡。

糸瓜
へちま

絲瓜。

蔬菜

自然薯
じねんじょ

山藥。

苳
ふき

款冬花。蜂斗菜。

芹
せり

水芹。

唐辛子
とうがらし

辣椒。

青梗菜
チンゲンツァイ

青江菜。

真菰
まこも

真菰。茭白。

胡瓜
きゅうり

黃瓜。

蚕豆
そらまめ

蠶豆。

茄子
なす

茄子。

鹿尾菜
ひじき

羊棲菜。

椎茸

しいたけ

香菇。冬菇。

萵苣

ちしゃ

萵苣。

菠薐草

ほうれんそう

菠菜。

豌豆

えんどう

豌豆。

黍

きび

黍。稷。玉米。

燕麦

えんばく

燕麥。

慈姑

くわい

慈姑。

蕨

わらび

蕨菜，又名烏糯。

滑子

なめこ

朴蕈，一種食用菇。

蕪

かぶ

蕪菁。

蔬菜

繁蔞
はこべ

蘩蔞。鵝腸菜。

薯蕷❶
しょよ

山藥。

薯蕷❷
とろろ

山藥。長山藥。山藥汁。
山藥泥。

薺
なずな

薺菜。

浅葱
あさつき

胡蔥。

水果

九年母
くねんぼ

香橙。

木瓜
ぼけ

木瓜。

石榴
ざくろ

石榴。

果物
くだもの

水果。鮮果。

林檎
りんご

蘋果。

花梨

かりん

日本木瓜。

蜜柑

みかん

橘子。柑橘。

檸檬

レモン

檸檬。

茘枝

れいし

荔枝。

魚類

小女子

こうなご

玉筋魚。

穴子

あなご

星鰻。

岩魚

いわな

紅點鮭。白點鮭。

泥鰌

どじょう

泥鰍。

的鯛

まとうだい

的鯛，一種分布在日本近海的硬骨魚。

魚類

初鰹
はつがつお

農曆四月前後最早捕到的鰹魚。

鮫
さめ

鯊魚。

秋刀魚
さんま

秋刀魚。

鮪
まぐろ

鮪魚。

烏賊
いか

烏賊。墨魚。

鮭
さけ

鮭魚。大馬哈魚。

真魚鰹
まながつお

鯧魚。

鯱
はや

桃花魚。

棒鱈
ぼうだら

乾鱈魚。

鯖
さば

青花魚。

鯛
たい

鯛。大頭魚。

鰈
かれい

鰈。

鯰
なまず

鯰魚。

鰆
さわら

藍點馬鮫。青箭魚。

鯡
にしん

鯡魚。

鱸
すずき

鱸魚。

鰓
えら

鰓。

雑魚
ざこ

小雜魚。各種小魚。無足輕重的小人物。

鰍
かじか

杜父魚。

鮃
ひらめ

比目魚。

魚類

鮎
あゆ
香魚。

鮎魚女
あいなめ
六線魚。

鮗
このしろ
鰶魚。

鮟鱇
あんこう
鮟鱇。

鰊
にしん
鯡魚。

貝類・沿海生物

水雲
もずく
海蘊。

帆立貝
ほたてがい
海扇。

赤貝
あかがい
魁蛤。

昆布
こんぶ
海帶。

河豚
ふぐ
河豚。

法螺

ほら

海螺。（說）大話。吹牛皮。

海胆

うに

海膽。海膽醬。

若布

わかめ

裙帶菜。

蛤

はまぐり

文蛤。蛤蜊。

拳螺

さざえ

海螺。拳螺。

雲丹

うに

海膽。海膽醬。

海老

えび

蝦子。

蛸

たこ

章魚。

海鼠腸

このわた

海參腸。

栄螺

さざえ

海螺。拳螺。

麵粉・原料

強力粉
きょうりきこ

高筋麵粉。

麩
ふ

麩子。麩面餅。

澱粉
でんぷん

澱粉。

薄力粉
はくりきこ

低筋麵粉。

糀
こうじ

麴。

哺乳類

三毛猫
みけねこ

身上有白、黑、棕三種毛色的貓。花貓。

狆
ちん

哈巴狗。獅子狗。

食蟻獣
ありくい

食蟻獸。

栗鼠
りす

松鼠。

豹皮
ひょうがわ

豹皮。

犀

さい

犀牛。

羚鹿

かもしか

羚羊。

猩々

しょうじょう

猩猩。酒量大的人。

駿馬

しゅんめ

駿馬。

蝙蝠

こうもり

蝙蝠。

藍鼠

あいねずみ

藍色鼠。帶藍色的灰色。

縞馬

しまうま

斑馬。

鼬

いたち

鼬鼠。黃鼠狼。

蹄

ひづめ

蹄。

麒麟

きりん

麒麟。長頸鹿。傑出的人物。

哺乳類

狢
むじな

貉。狸。

猪
いのしし

野豬。

獣道
けものみち

山中野獸走的路。

臓物
ぞうもつ

魚、雞、豬、牛等的內臟。

爬蟲類・兩棲類

井蛙
せいあ

井底之蛙。

爬虫類
はちゅうるい

爬蟲類。

長蛇
ちょうだ

長蛇。

雨蛙
あまがえる

綠蛙。雨蛙。

蜥蜴
とかげ

蜥蜴。四腳蛇。

蝮

まむし

蝮蛇。

百歩蛇

ひゃっぽだ

百步蛇。

疣蛙

いぼがえる

癩蛤蟆。蟾蜍。

海水生物

小魚

こざかな

小魚。

山女

やまめ

鱒。大馬哈魚。

太刀魚

たちうお

帶魚。

水母

くらげ

海蜇。水母。沒有定見的人。

水鴨

みかも

浮在水上的鴨子。

海水生物

玉筋魚
いかなご

玉筋魚。

捕鯨
ほげい

捕鯨。

石持
いしもち

黃花魚。

海月
くらげ

海蜇。水母。沒有定見的人。

活魚
いけうお

活魚。

海星
ひとで

海星。海盤車。

玳瑁
たいまい

玳瑁。

海狸
ビーバー

海狸。

背鰭
せびれ

脊鰭。

海豹
あざらし

海豹。

海豚
いるか

海豚。

海驢
あしか

海驢。

海象
せいうち

海象。

海亀
うみがめ

海龜。

海鼠
なまこ

海參。

真鯉
まごい

黑鯉魚。

海鞘
ほや

海鞘。

御玉杓子
おたまじゃくし

蝌蚪。湯勺。

海獺
らっこ

海獺。

緋鯉
ひごい

緋鯉。

動物

海水生物

膃肭臍

おっとせい

海狗。海熊。

鮒

ふな

鯽魚。

鯒

こち

牛尾魚。

鳥類

十姉妹

じゅうしまつ

十姐妹。白腰文鳥。

小夜千鳥

さよちどり

夜啼的千鳥。

川蝉

かわせみ

翠鳥。魚狗。釣魚的人。

不如帰

ほととぎす

杜鵑。布穀鳥。

孔雀

くじゃく

孔雀。

手羽
てば

雞胸到雞翅膀根之間的肉。

羽交い
はがい

羽翼。兩翼交叉處。

地鳥
じどり

當地產的雞。

羽撃く
はばたく

鳥等拍動翅膀。振翅。

地鶏
じどり

當地產的雞。

鶏冠
とさか

雞冠。

朱鷺
とき

朱鷺。紅鶴。

杜鵑
ほととぎす

杜鵑。布穀鳥。

百舌
もず

伯勞。

家禽
かきん

家禽。

鳥類

展翅
てんし

展開翅膀。

梟
ふくろう

貓頭鷹。

時鳥
ほととぎす

杜鵑。布穀鳥。

雄鳥
おんどり

雄雞。

烏鷺
うろ

烏鴉和鷺鷥。圍棋的異稱。

雲雀
ひばり

雲雀。

啄む
ついばむ

啄。

雉
きじ

野雞。

啄木鳥
きつつき

啄木鳥。

翡翠
かわせみ

翠鳥。魚狗。釣魚的人。

雌鳥

めんどり

雌鳥。母雞。

鴛鴦❷

おしどり

鴛鴦。形影不離的夫婦。

鳳凰

ほうおう

鳳凰。

磯千鳥

いそちどり

海濱的群鳥。

嘴

くちばし

鳥嘴。

雛 *

ひよっこ

幼鳥。雛雞。小毛頭。學問、技術等尚未成熟的人。

鴇

とき

朱鷺。紅鶴。

鵲

かささぎ

喜鵲。

*也可讀做「ひよこ」。

鴛鴦❶

えんおう

鴛鴦。恩愛夫妻。

蟲類

天道虫
てんとうむし

瓢蟲。

羽化
うか

羽化。

牛虻
うしあぶ

牛虻。

羽虫
はむし

羽虱。

平蜘蛛
ひらぐも

家隅蛛。

春蚕
はるご

春蠶。

甲虫
かぶとむし

獨角仙。

秋蚕
あきご

秋蠶。

百足
むかで

蜈蚣。

夏蚕
なつご

夏蠶。

家壁蝨

いえだに

壁蝨。

蛹

さなぎ

蛹。蟲蛹。

蚤

のみ

跳蚤。

蜻蛉

とんぼ

蜻蜓。

蚕

かいこ

蠶。

蝗

いなご

蝗蟲。

蛆

うじ

蛆。

蟋蟀

こおろぎ

蟋蟀。

蛭

ひる

水蛭。螞蟥。

蟷螂

かまきり

螳螂。

動物

蟲類

蛍
ほたる

螢火蟲。

虫食い
むしくい

蟲蛀。

仔虫
しちゅう

昆蟲的幼蟲。

動物相關

生き餌
いきえ

活餌。

生け捕り
いけどり

生擒。活捉。活的獵獲物。俘虜。

尻尾
しっぽ

尾巴。末尾。

蚯蚓
みみず

蚯蚓。

孵す
かえす

孵化。

膠

にかわ

膠。骨膠。動物膠。

蝸牛

かたつむり

蝸牛。

鵺

ぬえ

虎斑地鶇。不可捉摸的東西或人。

外國國名

伊太利

イタリア

義大利。

百済

くだら

百濟，古代朝鮮半島西南部的國家。

西班牙

スペイン

西班牙。

希臘

ギリシア

希臘。

和蘭

オランダ

荷蘭。

外國國名

波斯
ペルシア

波斯，伊朗舊稱。

豪太剌利亜
オーストラリア

澳洲。

英吉利
イギリス

英國。

亜米利加
アメリカ

美國。

埃及
エジプト

埃及。

仏蘭西
フランス

法國。

愛蘭
アイルランド

愛爾蘭。

独逸
ドイツ

德國。

葡萄牙
ポルトガル

葡萄牙。

外國城市・地區名

牛津
オックスフォード

牛津。

紐育
ニューヨーク

紐約。

伯林
ベルリン

柏林。

釜山
ぷさん

釜山，韓國地名。

邯鄲
かんたん

邯鄲。

高麗
こうらい

高麗，今朝鮮半島。

倫敦
ロンドン

倫敦。

廈門
アモイ

廈門。

桑港
サンフランシスコ

舊金山。三藩市。

聖林
ハリウッド

好萊塢。

外國城市・地區名

澳門
マカオ

澳門。

羅馬
ローマ

羅馬。

択捉
えとろふ

擇捉島。

欧羅巴
ヨーロッパ

歐洲。

日本舊國名・舊地名

八百八町
はっぴゃくやちょう

指江戶時期的所有街巷。

大和
やまと

大和。日本的異稱。

万里小路
までのこうじ

京都市柳馬場街的舊稱。

六義園
りくぎえん

六義園，東京都文京區的某處庭園。

和泉
いずみ

日本舊國名。現大阪南部。

武生

たけふ

福井縣中部城市，現已與今立町合併為越前市。

河内

かわち

河內國，日本舊地方名。

信濃

しなの

日本舊國名，現今的日本長野縣。

浪花

なにわ

浪花，日本大阪市及其附近的舊稱。

浪速

なにわ

浪速，日本大阪市及其附近的舊稱。

難波

なにわ

難波，日本大阪市及其附近的舊稱。

難波江

なにわえ

難波江，日本大阪市附近海面的舊稱。

難波潟

なにわがた

難波瀉，日本大阪市附近海面的舊稱。

奥羽

おうう

陸奧國與出羽國，現今日本東北地區六縣。

日本地名

八重洲
やえす

八重洲，東京都中央區地名。

生駒
いこま

生駒，日本地名，位於奈良縣西北部。

久里浜
くりはま

久裡濱，日本神奈川縣橫須賀市的一個地區。

伊豆
いず

伊豆。

不忍池
しのばずのいけ

不忍池，東京上野動物園西南處的池塘。

安房
あわ

安房，日本地名，位於千葉縣南部。

天城山
あまぎさん

伊豆半島中央部的火山。

江差
えさし

江差，日本北海道渡島半島的港口城鎮。

札幌
さっぽろ

札幌，日本地名，位於北海道。

色丹
しこたん

色丹，位於齒舞諸島東北處。

定山渓

じょうざんけい

定山溪，位於日本北海道札幌市西南部的溫泉區。

納沙布岬

のさっぷみさき

納沙布海角，日本地名，位於北海道東部。

知床

しれとこ

知床，日本地名，位於北海道東北部。

淡路

あわじ

淡路，日本地名，位於兵庫縣。

阿波

あわ

阿波，日本地名，位於德島縣。

釧路

くしろ

釧路，日本地名，位於北海道。

厚岸

あっけし

厚岸，日本地名，位於北海道。

越生

おごせ

越生。

留萌

るもい

留萌，日本地名，位於北海道西北部。

新潟

にいがた

新瀉。

日本地名

稚内
わっかない

稚內，北海道北部的城市。

羅臼岳
らうすだけ

羅臼山嶽，日本北海道東北面、知床半島中部的火山。

福生
ふっさ

福生，東京都西郊、武藏野臺地的城市。

襟裳岬
えりもみさき

襟裳海角，位於日本北海道日高山脈南面。

熱海
あたみ

熱海。

奥尻島
おくしりとう

奧尻島，位於北海道渡島半島西面。

積丹半島
しゃこたんはんとう

積丹半島，位於日本北海道西部的半島。

歯舞
はぼまい

齒舞，日本地名，位於北海道東面的群島。

築地
つきじ

東京都中央區的一地區名。人造陸地。

麹町
こうじまち

麴町，東京都千代田區的一個地區。

地形

九十九折
つづらおり

羊腸小徑。曲折的山路。

蜿蜒
えんえん

蜿蜒。

三叉路
さんさろ

三岔路口。

浜路
はまじ

海濱路。

女坂
おんなざか

緩坡道。

辺
ほとり

道。旁邊。畔。

小路
こうじ

小巷子。小徑。

別れ路
わかれじ

岔路。分別時的岔路。

勾配
こうばい

坡度。斜度。傾斜坡。

岐路
きろ

歧路。岔道。

地形

男坂
おとこざか

陡坡。

巷
ちまた

岔道。歧路。街道。繁華街。場所。社會。民間。

畔
ほとり

道。旁邊。畔。

糧道
りょうどう

糧道。運軍糧的道路。

方位・地點

八百屋
やおや

菜鋪。蔬菜店。萬事通。多面手。

干物屋
ひものや

專門銷售魚、貝類乾貨的商店。

東西
とうざい

東和西。東方和西方。東部和西部。方向。

界隈
かいわい

附近。一帶。

側
そば

旁邊。附近。

傍❶

そば

旁邊。附近。

傍❷

はた

旁邊。側。

傍ら

かたわら

旁邊。一邊……，一邊……。

鄙

ひな

偏僻的地方。鄉村。鄉下。

質屋

しちや

當鋪。

辺鄙

へんぴ

偏僻。

火の見櫓

ひのみやぐら

火警瞭望台。

役場

やくば

區、鄉、村公所。辦事處。

野天

のてん

露天。室外。

湯治場

とうじば

溫泉療養地。

語言・文字

文言
もんごん

詞語。語句。

机下
きか

足下。座下。（寫在收信人名下的敬語）

去声
きょしょう

去聲。四聲。

言偏
ごんべん

部首之一，言字旁。

句読点
くとうてん

句號和逗號。

明朝体
みんちょうたい

明體，字體的一種。

件
くだり

文章的一章節、一段。

枕詞
まくらことば

枕詞（和歌中的修詞，或調整語調的詞）。

地口
じぐち

雙關語。詼諧語。

重箱読み
じゅうばこよみ

兩個日語漢字，上一個音讀，下一個訓讀的讀法。

洒落
しゃれ

玩笑話。雙關語。詼諧話。

楔形文字 *
くさびがたもじ

楔形文字。

真行草
しんぎょうそう

楷書、行書、草書。

綴字
ていじ

綴字，一種拼字的方法。

送り仮名
おくりがな

送假名，跟在漢字後面，和漢字為一體的假名。

篆刻
てんこく

篆刻。刻字。

湯桶読み
ゆとうよみ

兩個日語漢字，上一個訓讀，下一個音讀的讀法。

篆書
てんしょ

篆書。篆字。

短冊
たんざく

詩箋。

謹白
きんぱく

寫在信尾，對收信人表示敬意之詞。

*也可讀做「けっけいもじ」或「せっけいもじ」。

語言・文字

亀甲括弧
きっこうかっこ

方括號。〔 〕。

発句
ほっく

漢詩、和歌、連歌、連句的第一句。

読点
とうてん

頓號。

書籍・出版

万葉集
まんようしゅう

萬葉集，日本最古老的歌集。

別掲
べっけい

另載。附錄。附記。

金色夜叉
こんじきやしゃ

金色夜叉。尾崎紅葉著，明治時代的代表小說。

風土記
ふどき

風土記。地方誌。

摺る
する

印刷。

戲作

げさく

寫著玩的作品。戲作。通俗小說的總稱。

拙稿

せっこう

拙稿，對自己稿子的謙稱。

上梓

じょうし

付梓。出版。

芥川賞

あくたがわしょう

芥川賞，日本純文學新人獎。

万巻

まんがん

很多卷書。

表表紙

おもてびょうし

封面。

古文書

こもんじょ

古文獻。

後書き

あとがき

後記。跋。附筆。結尾語。

刷る

する

印刷。

流布本

るふぼん

流傳版本。

書籍・出版

活版
かっぱん
活版印刷。

詩歌
しいか
詩歌。漢詩與和歌。

頁
ページ
頁。

裏表紙
うらびょうし
封底。

軟派
なんぱ
溫和派文學。專跟女人廝混的流氓。搭訕。

叢書
そうしょ
叢書。

稀覯本
きこうぼん
珍本。

図会
ずえ
圖冊。畫冊。

詞書
ことばがき
畫卷前後的說明文。

繙く
ひもとく
翻閱書本。閱讀。解開帶子。

栞

しおり

入門書。指南書。書籤。

旨

むね

主旨。大意。趣旨。

百科事典

ひゃっかじてん

百科全書。

著作権

ちょさくけん

著作權。

印税

いんぜい

版稅。

奥付

おくづけ

書籍底頁。版權頁。

装丁

そうてい

裝訂。

校正

こうせい

校對。校稿。

日本史用語

入唐
にっとう

前往中國。

大御所
おおごしょ

隱退將軍的住所。威權者。泰斗。

入内
じゅだい

皇后正式進入皇宮。

大内裏
だいだいり

皇宮。大內。

大夫
たゆう

大夫，第五位階的官職。歌舞伎等的上等藝人。

女官
にょかん

宮中女官。

大納言
だいなごん

太政官的副職。

小姓
こしょう

日本古代貴族的侍童。家童。

大逆事件
たいぎゃくじけん

日本明治天皇時期的「大逆事件」。

公卿
くぎょう

公卿。

公家

くげ

朝廷。

水戸黄門

みとこうもん

水戶黃門（德川光圀的通稱）。

天下布武

てんかふぶ

天下布武，織田信長使用的印章上的文字。

聚楽第

じゅらくだい

豐臣秀吉建在京都的華麗公館。

天保

てんぽう

仁孝天皇的年號。

叡覧

えいらん

御覽。天子御覽。

天皇

てんのう

天皇。日皇。

摂政

せっしょう

攝政。

太夫

たゆう

大夫，第五位階的官職。歌舞伎等的上等藝人。

太公望

たいこうぼう

太公望。姜太公。釣魚人。

日本史用語

杜氏
とうじ

指中國古代造酒名人杜康。專職釀酒的人。

安在所
あんざいしょ

行宮。

宦官
かんがん

宦官。太監。

老中
ろうじゅう

江戶幕府的最高職稱，總管一般政務。

煬帝
ようだい

煬帝，隋朝第二代皇帝。

行宮
あんぐう

行宮。

下司
げす

衙役。小吏。位階小的官員。

侍
さむらい

侍衛。古代的武士。有骨氣的人物。

外様
とざま

旁系諸侯。非正統的人。非直系的人。

東宮
とうぐう

皇太子。皇太子的宮殿。

法度

はっと

封建時代的法度。法令。禁令。禁止。不准。

卿相

けいしょう

公卿。

城下町

じょうかまち

以諸侯的居城為中心而發展起來的城市。

崩御

ほうぎょ

駕崩。皇帝逝世。

律令格式

りつりょうきゃくしき

律令格式，日本平安、奈良時代的法制。

強訴

ごうそ

平安時代僧人集體針對幕府表達強烈訴求。

春宮

とうぐう

皇太子。皇太子的宮殿。

御台所

みだいどころ

對大臣或將軍夫人的尊稱。

狩衣

かりぎぬ

平安時代高官的便服。江戶時代的禮服。神官服。

登城

とじょう

武士到諸侯的居城任職。進京晉謁將軍。

日本史用語

詔
みことのり

詔。聖旨。詔書。

検非違使
けびいし

平安時代初期的警政司法總監。

勤皇
きんのう

勤王。保皇。

八幡船
ばはんせん

倭寇船。日本海盜船。

親王
しんのう

親王。天皇之子及四代的孫子。

王法
おうぼう

王法。

勅許
ちょっきょ

日皇批准。

本紀
ほんぎ

帝王的本紀。

参勤交代
さんきんこうたい

日本江戶時代，諸侯輪流到幕府任職的制度。

朱雀大路
すざくおおじ

朱雀大路。

和同開珎
わどうかいちん

日本最初鑄造的錢。

鎖国
さこく

鎖國政策。閉關自守。

大奥
おおおく

德川幕府時代將軍夫人、側室、各女官住處。

采女
うねめ

宮中在天皇身旁伺候的女官。

武家
ぶけ

武士門第。武士身分。

蕃書調所
ばんしょしらべしょ

江戶末期幕府為西洋學教授等設置的翻譯所。

藩主
はんしゅ

藩主。諸侯。

鬼畜米英
きちくべいえい

日本在太平洋戰爭中，怒罵英美的標語。

PART 2

特殊唸法的疑難漢字

◆二 畫◆

三種の神器
さんしゅのじんぎ

日本傳室之寶（寶鏡、寶劍、寶玉）。

人別
にんべつ

依人頭計算。每人。

下手
へた

笨拙。不高明。不慎重。不小心。

人事
ひとごと

別人的事。

下手物
げてもの

粗貨。低級趣味的東西。

◆三 畫◆

下車
げしゃ

下車。

三世
さんぜ

三世。三生。三代。三輩。

下座 ＊1
げざ

末座。末席。下位。

＊1 也可讀做「しもざ」。

下略
げりゃく

以下省略。

下策
げさく

下策。

下落
げらく

下跌。降低。

上手
じょうず

高明。擅長。能手。

丸損
まるぞん

全部損失。全賠。

凡そ
およそ

大體上。大概。完全。根本。

凡例
はんれい

範例。

千々
ちぢ

很多。形形色色。各種各樣。

口舌 *2
くぜつ

口角。爭吵。多嘴。

口伝
くでん

口頭傳授。

*2 也可寫做「口説」。

口遊び

くちすさび

低聲唱。即興吟詩。

口調

くちょう

語調。語氣。腔調。

大匙一杯

おおさじいっぱい

一大勺。

子供騙し

こどもだまし

欺騙兒童。騙小孩。

寸隙

すんげき

一點點空隙。

小股

こまた

小步伐。股。腿。

◆四 畫◆

不如意

ふにょい

不如意。生活困難。經濟不寬裕。

不殺生

ふせっしょう

不殺生。

不燃物

ふねんぶつ

不可燃的物品。

仄暗い
ほのぐらい

微暗。有點黑暗。

天稟
てんぴん

天賦。稟賦。

允許
いんきょ

許可。

天辺
てっぺん

頂端。頂峰。事物的頂點。極點。

分家
ぶんけ

分居。分居另立門戶。

幻
まぼろし

幻想。幻影。虛幻。虛構。

反芻
はんすう

反芻。一再玩味。

手技
てわざ

手工。手藝。柔道的手技。

天翔ける
あまがける

翱翔。

手枷
てかせ

手銬。

手旗
てばた

手中的小旗。

手旗信号
てばたしんごう

旗語。

片言
かたこと

片言隻語。不清楚的話語。

牛車
ぎっしゃ

牛車。

代替わり
だいがわり

帝王換代。戶主、店主更換。

凹む
へこむ

凹下。癟。服輸。認輸。屈服。

出面
でづら

出面

功
いさお

功勳。功勞。

功名
こうみょう

功名。

◆五畫◆

半ば

なかば

半。一半。中央。中間。半途。中途。

本決まり

ほんぎまり

正式決定。最後決定。

可笑しい

おかしい

滑稽。奇怪。不合適。可疑。

本望

ほんもう

本願。夙願。因得償夙願而滿足。滿意。

囚われる

とらわれる

被俘。被逮捕。受限制。拘泥

本尊

ほんぞん

本尊。正尊。主佛。中心人物。本人。當事者。

本文

ほんもん

正文。原文。

未曾有

みぞう

空前。未曾有過。

本名

ほんみょう

本名。真名。

正す

ただす

改正。訂正。端正。糾正。矯正。辨別。

正鵠
せいこく
靶心。問題的核心。要點。重點。

田舎訛り
いなかなまり
鄉音。

生える
はえる
生長。

由る
よる
由於。基於。因為。

生糸
きいと
生絲。

由緒
ゆいしょ
事物的開端。緣由。來歷。

生憎
あいにく
不湊巧。

目映い *
まばゆい
耀眼的。光彩奪目。相形見絀。

用所
ようじょ
使用場所。有事。廁所。

矛盾
むじゅん
矛盾。

＊也可寫做「眩い」。

石文

いしぶみ

石碑。

石灰

いしばい

石灰。

示唆

しさ

唆使。暗示。啟發。

立ち退く

たちのく

走開。離開。搬出。遷移。

立脚

りっきゃく

立足。根據。

圧される

おされる

受壓。

◆六畫◆

交う

かう

夾雜。攙雜。輪流。交錯。

交える

まじえる

夾雜。摻雜。交叉。交換。

交らい

まじらい

交往。交際。

交わり

まじわり

相交。交際。交往。打交道。

兆す

きざす

有預兆。有苗頭。動心。起了某種念頭。

交々

こもごも

相繼。輪流。交集。交併。

先途

せんど

將來。結局。緊要關頭。

仰ぐ

あおぐ

仰望。仰仗。

先鋭

せんえい

尖銳。思想激進。

企む

たくらむ

企圖。陰謀。壞主意。

刎ねる

はねる

刎頸。砍頭。

光明

こうみょう

光明。希望。

危める *

あやめる

傷害。加害。危害。殺死。

＊也可寫做「殺める」。

同棲

どうせい

住在一起。同居。

地境

じざかい

地界。

名札

なふだ

姓名牌。姓名籤。

如何

いかが

怎麼。怎麼樣。如何。

合い印

あいいん

核對印。

如何に

いかに

如何。怎樣。

吃驚

びっくり

吃驚。嚇一跳。

存える

ながらえる

繼續活著。長生。

因る

よる

由於。基於。因為。

安否

あんぴ

平安與否。是否平安。

安穏
あんのん

安穩。平安。

弛緩
しかん

鬆弛。弛緩。無力。衰弱。

州境
しゅうざかい

州的邊界。

成就
じょうじゅ

成就。成功。實現。完成。

年貢米
ねんぐまい

年間繳納給領主的貢米。

曳く
ひく

拉。拖。

弛む❶
たゆむ

鬆弛。鬆懈。

有為
ゆうい

有為。

弛む❷
たるむ

鬆弛。下沉。精神不振。精神鬆懈。

朽廃
きゅうはい

腐朽。

汝

なんじ

汝。爾。你。

汎用

はんよう

通用。廣泛應用。

老ける

ふける

老。上年紀。

老舗

しにせ

老字號。老鋪子。老店。

自棄

やけ

因事不如意而胡鬧。發脾氣。自暴自棄。

行方

ゆくえ

去向。下落。行蹤。

行脚

あんぎゃ

行腳。雲遊。遊方。徒步旅行。周遊。

伝播

でんぱ

流傳。傳播。

気怠い

けだるい

懶洋洋。倦怠。懶散。

◆七畫◆

佇まい

たたずまい

佇立著的樣子。靜止狀態。

作法

さほう

禮節。規矩。禮法。詩、小說等的格式。

佇む

たたずむ

佇立。站著。徘徊。閒蕩。

免れる

まぬがれる

避免。擺脫。

伴侶

はんりょ

伴侶。

否む

いなむ

拒絕。否定。

似而非

えせ

似是而非。假冒。

呆ける

ほうける

身心衰弱。精神恍惚。著迷。熱衷。

作用

さよう

作用。起作用。

呆ける

ぼける

癡呆。糊塗。

吻合

ふんごう

吻合。符合。

困憊

こんぱい

疲憊。

尾頭

おかしら

首尾。從頭到尾的長度。

希有

けう

稀有。珍奇。罕見。

弄う

いらう

擺弄。

弄ぶ

もてあそぶ

擺弄。玩弄。玩賞。戲弄。

弄る❶

いじる

擺弄。玩弄。撥弄。撫弄。玩賞。隨便改動。

弄る❷

まさぐる

擺弄。玩弄。

彷彿

ほうふつ

彷佛。似乎。想起。模糊。隱約可見。

彷徨

ほうこう

彷徨。徘徊。

彷徨う
さまよう
彷徨。徘徊。流浪。猶豫。遲疑不決。

志
こころざし
志願。意圖。志氣。盛情。表達心情的禮品。

忌む
いむ
忌諱。禁忌。厭惡。

忍ぶ
しのぶ
隱藏。躲避。偷偷地。悄悄地。忍耐。

忌詞
いみことば
忌諱的話。

忸怩
じくじ
羞愧。忸怩。

忌憚
きたん
顧忌。忌憚。客氣。

戒め
いましめ
教訓。警戒。禁止。懲戒。

忌諱
きき
忌諱。

我褒め
われぼめ
自誇。自吹自擂。

抗う

あらがう

抗爭。反抗。抵抗。

改竄

かいざん

竄改。塗改。刪改。

抒情

じょじょう

抒情。

更迭

こうてつ

更迭。撤換。人事變動。

折半

せっぱん

平分。分成兩份。平均分攤。

沈殿

ちんでん

沉澱。

折鶴

おりづる

紙鶴。

汲々

きゅうきゅう

汲汲。孜孜不倦。一心一意。

抓る

つねる

掐。擰。

災い

わざわい

災禍。災害。災難。

私財

しざい

個人財產。私產。

言葉

ことば

語言。言詞。說法。措詞。會話。對白。

見做す

みなす

看作。認為。姑且當作。

足早

あしばや

走得快。腳步快。

見栄❶

みえ

外表。外觀。門面。虛榮。炫耀。誇耀。

足拍子

あしびょうし

腳打拍子。

見栄❷

みばえ

外表好看。美觀。

身動ぎ

みじろぎ

微微地轉動身體。活動身體。

言伝

ことづて

傳說。傳聞。寄語。致意。捎口信。

邪

よこしま

邪惡。不正當。不合道理。

労う

ねぎらう

犒勞。酬勞。慰勞。

抜擢

ばってき

拔擢。提拔。選拔。

◆八畫◆

乖離

かいり

背離。乖離。

些事

さじ

瑣事。細節。小事。

些細

ささい

細微。瑣細。小事。

依る

よる

依靠。仰仗。利用。

依存度

いそんど

依賴度。

使役

しえき

役使。驅使。

刺さる

ささる

扎進。刺入。

刺青
いれずみ

紋身。刺青。

卑しむ
いやしむ

鄙視。小看。輕視。蔑視。

呵責
かしゃく

苛責。斥責。責備。譴責。

咀嚼
そしゃく

咀嚼。理解。體會。

咆哮
ほうこう

咆哮。吼叫。

和む
なごむ

平靜下來。溫和起來。緩和。

和やか
なごやか

平靜。安詳。溫和。和諧。和睦。

夜業
よなべ

加夜班。夜裡工作。

奉る❶
たてまつる

獻上。奉上。吹捧。恭維。

奉る❷
まつる

奉上。奉獻。

奉行

ぶぎょう

奉行。執行上級命令。

幸甚

こうじん

十分榮幸。

奇しくも

くしくも

奇怪。不可思議。

底力

そこぢから

潛力。深厚的力量。

宗

むね

主旨。宗旨。意思。要旨。

底光り

そこびかり

從深處發光。不露鋒芒。

官爵

かんしゃく

官爵。

怪訝

けげん

詫異。驚訝。莫名其妙。

宜なるかな

むべなるかな

宜然。誠然。的確。

所為

せい

緣故。原因。歸咎。

所謂
いわゆる

所謂。一般人說的。

油井
ゆせい

石油井。油井。

拙い
つたない

笨拙。拙劣。愚拙。運氣不好。

況して
まして

何況。況且。更。更加。

拘る
こだわる

拘泥。

物語
ものがたり

故事。傳說。敘述內容。

拘泥
こうでい

拘泥。拘執。固執。

直伝
じきでん

直接傳授。

明星
みょうじょう

金星。某領域中的名家。明星。

直弟子
じきでし

直接授業的門徒。直接弟子。

直筆
じきひつ

親筆。親筆寫的文件。

直答
じきとう

直接回答。當面答覆。

直訴
じきそ

不履行法定手續直接上訴。越級上訴。

直截
ちょくせつ

直截了當。

直談判
じかだんぱん

面談。直接交涉。直接談判。

知悉
ちしつ

知悉。精通。通曉。徹底瞭解。

空しい
むなしい

空虛。虛假。空洞。枉然。徒然。

空ろ
うつろ

空洞。空虛。發呆。

空隙
くうげき

空隙。間隙。

空騒ぎ
からさわぎ

虛驚。大驚小怪。

肯んずる
がえんずる

同意。允許。首肯。答應。

軋轢
あつれき

傾軋。衝突。摩擦。不和。反目。

芳しい
かんばしい

芳香。好聲譽。

金泥 *
こんでい

金泥。金漆。金泥和膠混合的金粉。

花柳界
かりゅうかい

花柳界。娼妓的社會。

金砂
きんしゃ

金粉。金沙。

初っ端
しょっぱな

開頭。開始。開端。

金剛砂
こんごうしゃ

金剛砂。

初める
そめる

開始～。～起來。

金箔
きんぱく

金箔。鍍金。貼金。社會上的聲譽。

*也可讀做「きんでい」。

長ける

たける

擅長。長於。

雨露

あめつゆ

雨和露水。

阿諛

あゆ

阿諛。逢迎。奉承。

呪い

まじない

符咒。咒語。護身符。巫術。魔法。

雨乞い

あまごい

求雨。祈雨。

拝む

おがむ

叩拜。懇求。拜謁。瞻仰。

雨後の筍

うごのたけのこ

雨後春筍。

拝謁

はいえつ

拜謁。謁見。

雨曝し

あまざらし

被雨淋。暴露在雨中。

画期的

かっきてき

劃時代的。

画餅

がべい

畫餅。計畫落空。

匍匐

ほふく

匍匐。

垂涎

すいぜん

垂涎。極其羨慕。

◆九畫◆

信憑性

しんぴょうせい

可靠性。

姦しい

かしましい

吵鬧。嘈雜。喧囂。

前非

ぜんぴ

前非。以往的錯誤或罪惡。

宣旨

せんじ

宣旨。

勇む

いさむ

振奮。奮勇。踴躍。抖擻精神。

封緘

ふうかん

封緘。封信口。

待ち倦む

まちあぐむ

等膩。等得不耐煩。

後ろ手

うしろで

倒背著手。後面。背後。

後先

あとさき

前後。兩端。首尾。前後顛倒。前後的情況。

急場

きゅうば

緊急場合。危急。

怨嗟

えんさ

抱怨。怨恨。

恍惚

こうこつ

出神。心醉神迷。神志不清。

恰も

あたかも

恰似。猶如。宛如。正好。正是。

恬然

てんぜん

恬然。滿不在乎。

拮抗

きっこう

對抗。抗衡。較量。

括る

くくる

捆扎。綁上。總結。括起來。吊。勒。

政
まつりごと

政治。政務。

歪み
ゆがみ

歪斜。歪曲。行為或心地不正當。

施す
ほどこす

施捨。施行。使用。

毒気 *
どくけ

毒氣。惡毒。惡意。壞心眼。

映える
はえる

映照。漂亮。顯眼。陪襯。襯托。調和。

流行る
はやる

流行。時髦。興旺。時運佳。疾病等流行。蔓延。

是々非々
ぜぜひひ

是非分明。

流離う
さすらう

流浪。漂泊。

某
ぼう

某某。某人。某些。若干。

洗滌
せんでき

洗淨。洗滌。去污。

*也可讀做「どっけ」。

炭団

たどん

煤球。相撲比賽中表示失敗的黑點。

穿鑿

せんさく

鑿孔。探求。探索。探聽。

炸裂

さくれつ

爆炸。

突破口

とっぱこう

突破口。

省く

はぶく

節省。省略。精簡。去除。

背ける

そむける

把臉等背過去。把身子扭轉過去。

相伴

しょうばん

作陪。陪伴。沾光。

苦汁

くじゅう

苦汁。痛苦的經驗。

眇める

すがめる

閉上一隻眼。瞇著眼注視或瞄準。

苦役

くえき

苦役。苦工。徒刑。

虐げる
しいたげる

虐待。欺負。欺淩。

風靡
ふうび

風靡。

要
かなめ

綱要。要害。扇軸。樞軸。

飛沫
しぶき

飛沫。水花。飛濺的水沫。

陋習
ろうしゅう

陋習。惡習。壞習慣。

香る *
かおる

芬芳。散發香味。

音信
いんしん

音信。消息。

残り香
のこりが

餘味。遺香。人走後留下的氣味。

風情
ふぜい

風趣。情況。樣子。款待。

残滓
ざんし

殘渣。殘餘。渣滓。

＊也可寫做「薫る」。

点綴

てんてい

星羅棋佈。綴合。連綴。

発作

ほっさ

發作。

発起

ほっき

發起。發願。

発端

ほったん

發端。開端。開始。起源。

発議

ほつぎ

提議。建議。動議。

◆十畫◆

倣う

ならう

仿效。仿照。摹仿。效法。

俯く

うつむく

低頭。臉朝下。

倦む

うむ

厭倦。膩煩。疲倦。

倦怠

けんたい

倦怠。厭倦。厭膩。

唆す

そそのかす

唆使。教唆。引誘。勸誘。

徒事

あだごと

徒勞的事。無趣的事。風流事。

容易い

たやすい

容易。不難。輕易。

恣

ほしいまま

任意。恣意。隨心所欲。

席巻

せっけん

席捲。征服。橫掃。

捕る

とる

捕捉。捕獲。抓。捉。捕。

徒

あだ

白費。徒勞。

捏ねる

こねる

揉捏混合。

徒言

あだごと

徒勞的事。無趣的事。風流事。

捏造

ねつぞう

捏造。造謠。虛構。無中生有。

挽回

ばんかい

挽回。收回。

浚う

さらう

疏濬。淘。

挨拶

あいさつ

問候。寒暄。致詞。

浩瀚

こうかん

浩瀚。

消印

けしいん

郵戳。註銷印。

狼狽

ろうばい

狼狽。驚惶失措。

海内

かいだい

海內。國內。天下。

狼藉

ろうぜき

狼藉。亂七八糟。野蠻。粗暴行為。

浮き木

うきぎ

漂浮在水面的木頭。

眩しい

まぶしい

晃眼。耀眼。刺眼。光彩奪目。

真贋
しんがん

真假。真偽。

神技
かみわざ

鬼斧神工。絕技。神技。奇蹟。

紊乱
びんらん

紊亂。雜亂。紛亂。

臭い
におい

臭味。不好聞的氣味。做壞事的樣子。

臭覚
しゅうかく

嗅覺。

荊棘
けいきょく

困難。荊棘。

貢ぐ
みつぐ

納貢。進呈。寄生活費、學費。供養。

退く❶
しりぞく

後退。退出。離開。退職。退位。

退く❷
ひく

後退。退出。撤去。撤手。

退る
すさる

向後退。

閃く
ひらめく

閃耀。閃爍。忽然想起。旗子等隨風飄動。

剥製
はくせい

剝製標本。

高下
こうげ

身份高低。上下。優劣。價格等漲落。

帰省
きせい

回家探親。歸鄉。

高名
こうみょう

有名。著名。戰功。

従容
しょうよう

從容。

凄絶
せいぜつ

異常激烈。非常可怕。非常淒慘。殊死。

挿げる
すげる

插入。穿入。安上。

桎梏
しっこく

桎梏。枷鎖。束縛。

荘厳
そうごん

莊嚴。

陥る

おちいる

墜落。陷於。陷落。

陥れる

おとしいれる

陷害。攻陷。

陥穽

かんせい

陷阱。圈套。

◆十一畫◆

健よか

すくよか

茁壯成長。健康。健壯。

健気

けなげ

堅強。勇敢。值得讚揚。精神可嘉。

偏頗

へんぱ

偏頗。偏向。不公平。

匿う

かくまう

隱匿。隱藏。窩藏。

匿名

とくめい

匿名。

唱える

となえる

念。誦。高喊。高呼。聲明。提出。提倡。主張。

堅固

けんご

堅固。堅強。堅定。健康。結實。

寄食

きしょく

寄人籬下。

堆積

たいせき

堆積。累積。沉積。

寂寥

せきりょう

寂寥。寂寞。冷清。

執る

とる

執筆。提筆。執行公務。辦理。

屠る

ほふる

比賽時打敗對方。殲滅。屠宰鳥獸。

奢り

おごり

奢侈。奢華。請客。作東。

崇める

あがめる

崇拜。崇敬。尊敬。

婀娜っぽい

あだっぽい

妖豔。嬌媚。

帳

とばり

帳子。幔帳。

帳尻

ちょうじり

帳尾。結算的結果。

強力

ごうりき

力氣大。力壯。登山嚮導。

帳面

ちょうづら

帳面。

強姦

ごうかん

強姦。

帷

とばり

帳子。幔帳。

強奪

ごうだつ

搶奪。略奪。搶劫。

帷幄

いあく

帷幄。參謀人員。

彫塑

ちょうそ

雕塑。雕刻和塑像。

強か

したたか

厲害。強烈。大量。好多。性情剛烈。不好惹。

徘徊

はいかい

徘徊。走來走去。

惚ける❶

とぼける

頭腦遲鈍。發呆。裝糊塗。假裝不知道。出洋相。

惚ける❷

ほうける

身心衰弱。精神恍惚。著迷。熱衷。

惚ける❸ *

ぼける

癡呆。顏色退色。印象模糊。

掠める

かすめる

掠奪。竊取。欺騙。掠過。

控除

こうじょ

扣除。

捲く

まく

卷起。纏繞。上發條。包圍。

捲る❶

まくる

卷起。掀起。挽起。揭下。剝掉。追散。趕開。

捲る❷

めくる

掀。翻。扯。揭下。

探る

さぐる

探。摸。試探。探聽。探索。探訪。探求。

採る

とる

採摘。採集。摘。採用。錄取。錄用。採光。

＊也可寫做「暈ける」。

掬する
きくする

掬取。捧水。體會。推測。

添わる
そわる

添加。加上。附上。

捺印
なついん

蓋章。

淋しい
さびしい

寂寞。孤單。荒涼。冷清。覺得不滿足。

教化
きょうげ

教化。感化。

混沌
こんとん

混沌。渾沌。

殺風景
さっぷうけい

殺風景。缺乏風趣。令人掃興。

淫ら *
みだら

淫亂。淫猥。猥褻。

淡淡しい
あわあわしい

顏色或味道非常淡。輕率。輕薄。草率。

淫靡
いんび

淫靡。

＊也可寫做「猥ら」。

深奥

しんおう

深奧。蘊奧。深處。

略々

ほぼ

大略。大致。大概。大體上。

牽く

ひく

拉。牽引。

異形

いぎょう

奇形怪狀。妖魔鬼怪。

牽制

けんせい

牽制。制約。

疵

きず

瑕疵。缺陷。

猖獗

しょうけつ

猖獗。

盛る

さかる

旺盛。發情。交尾。繁盛。興隆。

理

ことわり

道理。理由。理所當然。

硫黄

いおう

硫磺。

絆

きずな

拴馬、狗、牛等的繩索。情誼。紐帶。羈絆。

被る

かぶる

戴。蒙蓋。套。穿。蒙受。遭受。

絆す

ほだす

絆上。繫住。纏住。束縛。

規矩

きく

規矩。規則。規範。準則。

習い性

ならいせい

習性。

訪う

とう

訪問。拜訪。

蛇足

だそく

蛇足。多餘。

連袂

れんべい

連袂。聯合行動。全體一起。

術

すべ

辦法。策略。手段。方法。

造詣

ぞうけい

造詣。

透ける

すける

穿透～而看見。透明的。

据る

すわる

固定不動。占據某種地位或場所等。

野天掘り

のてんぼり

露天開採。

淀み *

よどみ

淤水。淤水處。停滯。停頓。沉澱物。

野晒し

のざらし

曝露在荒野，任憑風吹雨打的東西。

亀甲

きっこう

龜甲。六角形。龜形。

陰干し

かげぼし

在背陽處晾乾。陰乾。

悪し様

あしざま

惡意。不懷好意。故意貶低。說壞話。

陰日向

かげひなた

向陽處和背陽處。當面和背後。表裡。

悪名

あくみょう

臭名。壞名聲。

＊也可寫做「澱み」。

悪癖

あくへき

惡習。壞毛病。壞習慣。

渋滞

じゅうたい

停滯不前。進展不順利。

悪戯 *

いたずら

惡作劇。玩笑。鬧著玩。消遣。玩弄。亂搞。

盗み食い

ぬすみぐい

偷東西來吃。偷偷地吃。背著人吃東西。

悪気

わるぎ

惡意。歹意。

盗み聞き

ぬすみぎき

竊聽。偷聽。

掲載

けいさい

刊登。登載。

盗る

とる

偷盜。竊取。剽竊。

断てる

たてる

切斷。斷絕。斬斷。

虚しい

むなしい

空虛。空洞。白白。徒然。

＊也可讀做「あくぎ」。

虚ろ

うつろ

空洞。空虛。發呆。

虚空

こくう

虛空。太空。空中。天上。

備わる

そなわる

具有。具備。設有。

備長炭

びんちょうずみ

日本熊野縣產的優質木炭。

最も

もっとも

最。頂。

◆十二畫◆

傍目

はため

旁觀者的看法或印象。

勝負事

しょうぶごと

比賽。競賽。賭博。爭勝負。

傅く

かしずく

服侍。伺候。照顧。

博才

ばくさい

賭博的才能。

喧しい❶

かまびすしい

喧囂。吵鬧。喧嚷。

喧しい❷

やかましい

吵鬧。喧鬧。囉嗦。嘮叨。嚴格。挑剔。

喘ぎ声

あえぎごえ

喘氣聲。

堪える❶

こたえる

忍受。忍耐。維持。支持。

堪える❷

こらえる

忍耐。忍受。抑制。容忍。寬恕。

堪え性

こらえしょう

耐性。忍耐性。

堪忍

かんにん

忍受。容忍。寬恕。饒恕。

媚

こび

諂媚。

幅

ふく

吊掛的書畫。幅（吊掛的書畫的量詞）。

幾重

いくえ

好幾層。

惑う

まどう

困惑。拿不定主意。迷戀。沈溺。

敢えて

あえて

敢於。勉強。毫不。並不。未必。不見得。

景色

けしき

風景。景色。

朝市

あさいち

早晨的市場。

朝練

あされん

早晨訓練。

欺く

あざむく

欺騙。好比。勝似。

減殺

げんさい

減少。減低。削弱。

渦

うず

漩渦。混亂狀態。

湯気

ゆげ

熱氣。水蒸氣。熱氣凝結的水珠。水滴。

焚火

たきび

篝火。爐火。灶火。燒落葉取暖。

無印
むじるし

沒有記號。無標記。

無聊
ぶりょう

無聊。鬱悶。

無勢
ぶぜい

人少。力量單薄。

無様
ぶざま

笨拙。難看。不成樣子。

無碍
むげ

無阻礙。

猥褻
わいせつ

猥褻。淫猥。

甦る *
よみがえる

甦醒。復活。復興。

甦生
そせい

甦醒。死而復生。

痛事
いたごと

痛苦事。特指花費多。

等
など

等等。之類。云云。

＊也可寫做「蘇る」。

絡まる
からまる

纏住。纏繞。糾纏不清。糾紛。

絢爛
けんらん

絢麗。絢爛。富麗。文章華麗。

善し悪し
よしあし

善惡。好歹。不好不壞。

萎える
なえる

枯萎。萎靡。無力氣。發軟。發麻。

萎びる
しなびる

枯萎。乾癟。

萎む
しぼむ

枯萎。凋謝。癟。

萎れる
しおれる

枯萎。氣餒。沮喪。意志消沉。

証
あかし

證據。證明。清白的證據。

象牙
ぞうげ

象牙。

象嵌
ぞうがん

鑲嵌。

貼付

ちょうふ

貼上。粘貼。

酣

たけなわ

高潮。旺盛。

貶す

けなす

貶低。誹謗。

量る

はかる

丈量長度。測量容量等。計量。推測。

貶める

おとしめる

貶低。輕蔑。瞧不起。

開闢

かいびゃく

開闢。開天闢地。

逸れる

はぐれる

與同行人走散。失散。失掉機會。

閑人 *

ひまじん

閒人。有空的人。

進捗

しんちょく

進展。

間柄

あいだがら

關係。來往關係。交際。交情。

*也可寫做「暇人」。

間歇的

かんけつてき

間歇性。斷斷續續。

集う

つどう

集會。聚會。

間隙

かんげき

空隙。隔閡。

集る

たかる

聚集。圍攏。敲詐。勒索。強迫請客。爬滿昆蟲。

雅

みやび

風雅。雅緻。瀟灑。風流。

雲泥

うんでい

天壤。高低懸殊。

雅やか

みやびやか

風雅。雅緻。瀟灑。風流。優美。

順繰り

じゅんぐり

順序。依次。輪流。輪班。

雄々しい

おおしい

雄壯。英勇。勇敢。

揶揄

やゆ

揶揄。奚落。嘲笑。

酢酸

さくさん

醋酸。乙酸。

歯軋り

はぎしり

睡覺中咬牙。悔恨或痛恨得咬牙切齒。

勢い

いきおい

氣勢。勢力。勁頭。趨勢。權勢。

湿気

しけ

濕氣。潮氣。

堕ちる

おちる

墮落。陷於。

湿気る

しける

潮濕。發潮。帶濕氣。

廃る

すたる

成為廢物。廢除。過時。衰落。

焼べる

くべる

放入火中燒。添加燃料。

弾劾

だんがい

彈劾。譴責。責問。

◆十三畫◆

嗜み

たしなみ

嗜好。謹慎。謙恭。對某種技藝通曉。用心。

嗜好

しこう

嗜好。愛好。

嗜虐

しぎゃく

嗜瘧成性。喜歡殘暴。殘暴成性。

嗅覚

きゅうかく

嗅覺。

嫉妬

しっと

嫉妒。吃醋。

微笑ましい

ほほえましい

逗人笑的。令人微笑的。

微塵

みじん

微塵。微小。微量。一點。切碎。

微温湯

ぬるまゆ

溫水。微溫的水。

意気地

いくじ

志氣。骨氣。自尊心。

慈しむ

いつくしむ

疼愛。憐愛。慈愛。

愛しい

いとしい

可愛。可憐。

新手

あらて

生力軍。新手。新手法。

愛でる

めでる

愛惜。珍惜。欣賞。佩服。讚賞。

新参

しんざん

新來的。新參加。新服侍主人的人。

損失補填

そんしつほてん

補貼損失。補償損失。

暇❶

いとま

閒暇。休假。解雇。辭退。離婚。告辭。辭行。

敬う

うやまう

尊敬。敬重。

暇❷

ひま

時間。工夫。閒空。餘暇。休假。解雇。辭退。

斟酌

しんしゃく

體諒。照顧。斟酌。考慮。客氣。

概ね

おおむね

大概。大意。大致。大約。

溢す *

こぼす

溢出。灑出。發牢騷。抱怨。

溢れる

あふれる

液體溢出。充滿。

滂沱

ぼうだ

滂沱。

滅びる

ほろびる

滅亡。滅絕。

溺愛

できあい

溺愛。

煙る

けむる

冒煙。朦朧。模糊不清。

煩瑣

はんさ

煩瑣。麻煩。

煩雜

はんざつ

繁雜。複雜。麻煩。

煤

すす

灰塵。塵土。煤煙。黑褐色。

煌めく

きらめく

閃耀。輝耀。盛裝。

＊也可寫做「零す」。

獅子吼
しし く

雄辯。

羨ましさ
うらやましさ

令人羡慕。眼紅。

睦まじい
むつまじい

和睦。親睦。親密。要好。

腥い
なまぐさい

腥味。血腥。出家人不守清規。

睦む
むつむ

和睦。親密。

葬る
ほうむる

埋葬。掩蓋。忘卻。

禁物
きんもつ

嚴禁的事物。切忌的事物。

蜃気楼
しんきろう

海市蜃樓。幻境。

筮竹
ぜいちく

卜籤。筮籤。

補綴
ほてい

補綴。修改。綴寫。

解く

ほどく

解開。拆開。還願。

解す　*

ほぐす

解開。拆開。解除。揉開。

解せない

げせない

不懂。不能理解。

解れる

ほつれる

衣服綻線。綻開。頭髮散開。鬆開。

誅求

ちゅうきゅう

誅求。索求。要求。

詮索

せんさく

探索。探討。查詢。挑剔。

詮議

せんぎ

審議。討論。偵查。審問。

跨ぐ

またぐ

跨過。邁過。叉開腿站立。

跳ねる

はねる

跳起。飛濺。戲劇散場。裂開。行情飛漲。

遊説

ゆうぜい

遊說。政黨為競選到各地演說。

＊也可讀做「ほごす」。

過る

よぎる

穿過。通過。順便到訪。

過言

かごん

誇張。誇大。說得過火。

零落れる

おちぶれる

落魄。淪落。衰敗。潦倒。

鼎談

ていだん

三人面對面交談。

嗄れ声

しゃがれごえ

嘶啞聲。嗓子啞。

嫋々

じょうじょう

嫋嫋。嫋娜。裊裊。

戦々兢々

せんせんきょうきょう

戰戰兢兢。膽戰心驚。

数多

あまた

眾多。許多。多數。

鉄漿

おはぐろ

染黑牙。染黑牙的鐵漿。

◆十四畫◆

僥倖

ぎょうこう

僥倖。

塵

ちり

塵土。塵埃。微不足道。絲毫。世俗。骯髒。

塵埃

じんあい

塵土。塵埃。塵世。俗世。瑣事。

寧ろ

むしろ

寧可。莫如。與其～，倒不如～。

截然

せつぜん

顯然。截然。

斡旋

あっせん

幫助。關照。介紹。斡旋。居中調停。

演繹

えんえき

演繹。推論。

滴る

したたる

滴下來。

漏る

もる

漏。漏氣。

漏洩

ろうえい

洩漏。

漸く

ようやく

好不容易。好歹。總算。勉強。漸漸。

端

はな

開端。最初。尖端。盡頭。

漲る

みなぎる

漲滿。充滿。洋溢。彌漫。

算木

さんぎ

算籌。占卜用具。

煽る

あおる

扇。吹動。催動。哄抬。煽動。鼓動。激起。

綻びる

ほころびる

衣服綻線。花蕾綻開。露出微笑。

禍々しい

まがまがしい

不吉。不祥。

綽名

あだな

綽號。外號。

種々雑多

しゅじゅざった

各種各樣。種類繁多。

緒

ちょ

頭緒。開頭。開始。

罰

ばち

懲罰。處罰。報應。

誤謬

ごびゅう

錯誤。謬誤。

蒸溜

じょうりゅう

蒸餾。

誘う

いざなう

邀請。勸誘。引誘。

蒐集

しゅうしゅう

收集。搜集。收藏。

赫々

かっかく

顯赫。赫赫。輝煌。燦爛。光亮。

蝕む

むしばむ

蟲蛀。蟲咬。侵蝕。腐蝕。

遠退く

とおのく

離開。離遠。隔遠。疏遠。

語る

かたる

說。談。講述。說唱。

遣る

やる

派去。送去。給與。做。

銀縁
ぎんぶち

銀邊。銀框。

躱す
かわす

躲閃。躲開。躲避。

隙間
すきま

縫隙。閒暇。

遡る
さかのぼる

追溯。回溯。逆流而上。

頗る
すこぶる

頗。很。非常。

遡及 *
さっきゅう

效力可溯及既往。

餌食
えじき

食餌。犧牲品。

関わる
かかわる

相關。涉及。拘泥。

髣髴
ほうふつ

仿佛。相似。浮現。模糊。隱約可見。

隠所
いんじょ

隱藏之處。隱居的地方。身體遮住的部位。廁所。

*也可讀做「そきゅう」。

隱匿

いんとく

隱匿。隱藏。

隱密

おんみつ

密探。奸細。秘密。暗中。

隱蔽

いんぺい

隱蔽。隱瞞。隱藏。

隱避

いんぴ

隱避。隱庇。藏匿犯人罪。

靜謐

せいひつ

靜謐。寧靜。安靜。

◆十五畫◆

噎せる

むせる

嗆到。噎著。

慮る

おもんぱかる

深思熟慮。思慮。憂慮。

慰藉

いしゃ

慰籍。安慰。

慫慂

しょうよう

慫恿。勸誘。

憚り

はばかり

忌憚。顧忌。廁所。

憮然

ぶぜん

失望地。憮然。愕然。不高興。

撥ねる

はねる

彈射。拋掉。抽成。筆劃的一撇。鉤。

撓う

しなう

柔軟而彎曲。柔韌。

撒く

まく

灑水。潑水。散佈。甩掉。

撒水

さっすい

灑水。噴水。

撒布

さっぷ

散佈。撒。灑。

敵う

かなう

比得上。敵得過。

澎湃

ほうはい

澎湃。

潤う

うるおう

濕潤。闊綽起來。受惠。

磊落

らいらく

磊落。豁達。胸襟開闊。

蔑む

さげすむ

輕視。蔑視。鄙視。瞧不起。

糊塗

こと

敷衍。搪塞。掩飾。

諂う

へつらう

阿諛。奉承。諂媚。逢迎。

罵る

ののしる

大聲吵鬧。大聲叱責。罵。

諍い

いさかい

爭論。爭吵。口角。拌嘴。

翩翻

へんぽん

翩翩。飄揚。

誹る *

そしる

誹謗。毀謗。責難。

膠着

こうちゃく

膠著。黏著。

賞でる

めでる

讚賞。欣賞。佩服。

＊也可寫做「謗る」。

賜

たまもの

賞物。賞賜。恩賜。結果。

遮る

さえぎる

遮擋。遮掩。遮斷。阻擋。

賜杯

しはい

天皇、皇族等贈予的優勝杯。

養う

やしなう

養育。扶養。飼養。修養。保養。教養。收養。

輩

やから

輩。徒。同夥。傢伙。

鴉片

あへん

鴉片。大煙。

適う❶

あう

適合。

蝟集

いしゅう

聚集。群集。

適う❷

かなう

適合。合乎。做得到。能實現。

凝らす

こらす

使意志集中。使～凝固。

凝る

こごる

凍結。凝結。凝固。

憾む

うらむ

感到遺憾。悔恨。可惜。

整う

ととのう

齊備。完備。整齊。均勻。協調。談妥。

澱

おり

沉澱物。

興る

おこる

興起。振興。興盛。

諫める

いさめる

諫諍。勸告。

諫言

かんげん

諫言。忠告。勸告。

謀る

はかる

謀算。圖謀。欺騙。策劃。

謀反

むほん

謀反。造反。叛變。

諧謔

かいぎゃく

詼諧。幽默。滑稽。玩笑。

諮る

はかる

諮詢。商洽。商量。協商。磋商。

謁見

えっけん

謁見。晉見。拜見。

勲

いさお

功勳。功勞。

戯ける

たわける

說蠢話。做蠢事。

戯言

たわごと

蠢話。傻話。胡說八道。

潜む

ひそむ

隱藏。潛藏。蘊藏。藏在心裡。

潜る

くぐる

潛入。鑽過。潛水。鑽漏洞。

縁起

えんぎ

緣起。起源。吉凶之兆。

鋳る

いる

鑄造。

鋳物

いもの

鑄器。鑄造物。鑄件。模製件。

閲する

けみする

調査。檢閲。查閱。時間的經過。

◆十六畫◆

蹂躙

じゅうりん

蹂躪。踐踏。侵犯。

選り嫌い

えりぎらい

挑剔。

選る❶

すぐる

挑選。選擇。選拔。

選る❷

よる

挑選。選擇。

頻り

しきり

頻繁。

頭重

ずおも

頭沉。不服氣。不肯向人低頭。股市行情停滯不動。

餞

はなむけ

餞別。餞別禮。餞行。

懇望

こんもう

懇切希望。懇請。

擦る
なする

塗上。擦上。推委。轉嫁。

聳える
そびえる

峙立。聳立。

擦れる
こすれる

摩蹭。摩擦。

艱難
かんなん

艱難。困難。艱辛。

濡れ衣
ぬれぎぬ

濕的衣服。冤枉。冤罪。

録る
とる

錄（音）。錄（影像）。

獲物
えもの

獵獲物。戰利品。

◆十七畫◆

矯める
ためる

弄直。矯正。

薄暗い
うすぐらい

微暗。昏暗。

薄汚い

うすぎたない

有點髒。邋遢。髒兮兮。

謝る

あやまる

謝罪。道歉。認輸。敬謝不敏。

邂逅

かいこう

邂逅。不期而遇。

雖も

いえども

雖然。即使。

鮮やか

あざやか

鮮明。鮮豔。漂亮。巧妙。熟練。優美。

嚆矢

こうし

濫觴。開端。

蟄居

ちっきょ

悶在家裏。閉門索居。動物冬眠。禁閉。幽禁。

厳しい

いかめしい

嚴肅。莊嚴。威嚴。富麗堂皇。

縦んば

よしんば

即使。即便。縱然。哪怕。

◆十八畫◆

擾乱

じょうらん

擾亂。騷亂。紛擾。紛亂。

蟠る

わだかまる

捲。蟠居。有隔閡。內心有疙瘩。

朦朧

もうろう

朦朧。模糊不清。頭腦昏沈。

鎮守

ちんじゅ

鎮守。守護當地的神社。

燻らす

くゆらす

煙燻。

馥郁

ふくいく

馥郁。芳香。

燻る

くすぶる

煙燻。冒煙。悶居。停滯不前。

鵜呑み

うのみ

整吞。生吞活剝。囫圇吞棗。

礎

いしずえ

柱石。柱腳石。房基石。基礎。

壟断

ろうだん

壟斷。獨佔。

懲らしめる

こらしめる

懲戒。懲罰。教訓。

繭糸

けんし

蠶和絲。蠶絲。

類

たぐい

同類。比擬。匹敵。

繋がり

つながり

連接。相連。聯繫。關係。關聯。羈絆。

繋留

けいりゅう

繫住。拴住。

騒擾

そうじょう

騷擾。騷亂。暴亂。

験

げん

徵兆。苗頭。效果。靈驗。

◆十九畫◆

騙す

だます

欺騙。矇騙。哄騙。

騙る

かたる

騙取。冒充。

PART 3

無法見字辨意的疑難漢字

◆一畫◆

一瞥
いちべつ

看一眼。

一揆
いっき

農民起義。武裝暴動。

一握り
ひとにぎり

一把。一小撮。

一揖
いちゆう

略施一禮。一拱手。

一端
いっぱし

算得上。還夠格。

◆二畫◆

二十重
はたえ

二十層。許多層。

人伝
ひとづて

透過別人傳話。捎口信。傳聞。傳說。

人助け
ひとだすけ

幫助人。善行。救難。

人通り

ひとどおり

人來人往。來往的行人。

入れ知恵

いれぢえ

出主意。從旁指點。教唆。

入浸る

いりびたる

長時間泡在水裡。久留。賴著不走。

入魂

じっこん

關係親密。親近。

八百万

やおよろず

數不勝數。千千萬萬。無數。

八百長

やおちょう

事先講好勝敗的騙人的比賽。假比賽。

十八番

おはこ

得意的本領。拿手。改不掉的老毛病。

十重二十重

とえはたえ

許多層。層層。

又聞き

またぎき

間接聽到。

◆三畫◆

三竦み
さんすくみ

三者互相牽制的僵局。

土產
みやげ

出門帶回的土產。送人的禮品。

上書き
うわがき

寫收件人的姓名地址。郵件上面寫的字。

大分
だいぶ

很。頗。相當地。

凡百
ぼんぴゃく

萬般。種種。

大所帯
おおじょたい

巨大財產。大家庭。

土下座
どげざ

跪在地上致敬。謙卑地懇求、認錯。

大時代
おおじだい

陳舊。古老。

土壇場
どたんば

法場。刑場。絕境。最後關頭。千鈞一髮之際。

大袈裟
おおげさ

誇張。過分。鋪張。

大掴み

おおづかみ

抓一大把。扼要。概括。粗略。

大雑把

おおざっぱ

粗略。大致。草率。粗心大意。

小突く

こづく

捅。戳。欺負。

小綺麗

こぎれい

整潔。乾淨。清爽。

小噺

こばなし

小笑話。小故事。

工面

くめん

設法。籌措。經濟情況。

干反る

ひぞる

因為乾燥而翹曲。

干割れ

ひわれ

木材等的乾裂。裂紋。龜裂。

◆四畫◆

勿体無い

もったいない

可惜。浪費。過分。惶恐。不敢當。

尤も

もっとも

合理。正確。話雖如此。不過。

手解き

てほどき

輔導初學者。啟蒙。初階。入門。

心得顔

こころえがお

什麼都懂的樣子。

手管

てくだ

手腕。圈套。

心添え

こころぞえ

勸告。忠告。提醒。照顧。關照。

手鑑

てかがみ

榜樣。模範。鑑賞、臨摹用的古代墨蹟斷片帖。

手伝う

てつだう

幫助。幫忙。加上。

文箱

ふばこ

信箱。裝書背著走的書箱。

手性

てしょう

手的靈巧與笨拙。

日和見主義

ひよりみしゅぎ

機會主義。投機主義。

木偶の坊

でくのぼう

木偶。傀儡。笨蛋。蠢貨。廢物。

匂い

におい

氣味。香味。風格。情趣。

水杯

みずさかずき

互相交杯飲水作為離別。

◆五畫◆

牛耳る

ぎゅうじる

執牛耳。操縱。支配。

仕業

しわざ

所做的勾當。搞鬼。

与かる

あずかる

參與。承蒙。

他愛無い

たわいない

不省人事。輕而易舉。糊塗。無聊。天真。

与する

くみする

贊成。參與。入夥。

出鱈目

でたらめ

荒唐。胡扯。瞎說。胡鬧。

出来
しゅったい

做出。完成。發生。

弁える
わきまえる

辨別。識別。懂得。理解。明白。通達事理。

半端
はんぱ

不徹底。零星。無用的人。

打出の小槌
うちでのこづち

萬寶槌。

半纏
はんてん

反覆玩味。

玄翁
げんのう

砸碎石用的大鐵錘。

可る成く
なるべく

儘量。盡可能。

生い先
おいさき

前程。前途。

叱咤
しった

申斥。叱責。指揮。

生粋
きっすい

純粹。道地。向天發誓。

由々しい
ゆゆしい

嚴重。重大。不得了。

目されれる
もくされる

受到注目。

目の当たり
まのあたり

眼前。親眼。直接。

目星
めぼし

大致的目標。主意。

目途
めど

目標。眉目。頭緒。

目途
もくと

目標。目的。

目論む
もくろむ

計畫。策劃。企圖。圖謀。

目処
めど

目標。眉目。頭緒。

立ち聞き
たちぎき

偷聽。

交ぜる *
まぜる

攙合。攙混。攪拌。加進。

＊也可寫做「混ぜる」或「雑ぜる」。

叶う

かなう

願望、希望能如願以償。能實現。

仰る

おっしゃる

說。講。叫。稱。

仰仰しい

ぎょうぎょうしい

誇張。誇大。

◆六畫◆

伊呂波

いろは

初步。入門。

危うく

あやうく

好不容易。差一點。險些。幾乎。

仲違い

なかたがい

不和。失和。感情破裂。關係惡化。

名披露目

なびろめ

公布藝名或店名。

仰せ

おおせ

吩咐。囑咐。您說的話。

名跡

みょうせき

歷代繼承下來的姓。家名。稱號。

名乗る

なのる

自報姓名。自稱。冒稱。

地団駄

じだんだ

因悔恨而跺腳。

名残

なごり

惜別。依戀。遺跡。

好相性

こうあいしょう

投緣。

吃る

どもる

口吃。結巴。

如何様

いかさま

作弊。欺騙。假貨。

因みに

ちなみに

順便。附帶。

早引け

はやびけ

早退。

地力

じりき

實力。本來的力量。

早合点

はやがてん

貿然斷定。自以為是。不懂裝懂。

有卦
うけ

好運氣。

行李
こうり

行李。

灰汁
あく

鹼水。澀性。澀味。個性強。俗氣。

伝手
つて

門路。引線。透過別人。間接。順便。就便。

血走る
ちばしる

眼球充血。興奮。熱衷。

会得
えとく

領會。理解。

行る
やる

派遣。送去。給予。做。玩。

会釈
えしゃく

行禮。打招呼。

行水
ぎょうずい

用水沖洗身體。齋戒沐浴。

団欒
だんらん

團聚。團圓。

気位

きぐらい

氣度。氣派。派頭。架子。優越感。

辻褄

つじつま

道理。條理。首尾。前後。

尾籠

おこ

愚蠢。糊塗。

巫山戯る

ふざける

開玩笑。鬧著玩。吵鬧。愚弄。捉弄。戲弄。

◆七畫◆

忌まわしい

いまわしい

不祥。不吉利。討厭。可惡。

吹聴

ふいちょう

吹噓。宣揚。鼓吹。

忌々しい

いまいましい

可恨。討厭。可惡。悔恨。

吸殻

すいがら

煙蒂。

折敷

おしき

木製方盤。

折檻
せっかん

責備。痛斥。責打。

見繕う
みつくろう

看著辦。斟酌處理。

更地
さらち

空地皮。未經加工整理的土地。

見栄張り
みえっぱり

愛裝飾門面的人。追求虛榮的人。講排場的人。

私する
わたくしする

私吞。佔為己有。

言上
ごんじょう

稟告。稟報。

肝試し
きもだめし

測試膽量。

言甲斐
いいがい

說的價值。

見据える
みすえる

目不轉睛地看。看準。

言質
げんち

諾言。口頭約定。

言霊
ことだま
語言具有的不可思議的力量。

身悶え
みもだえ
因痛苦而扭動身體。折騰。

豆炭
まめたん
煤球。

体当たり
たいあたり
以身體衝撞。拼命做。全力以赴。

足掻く
あがく
掙扎。手腳亂動。焦躁。煩惱。

却って
かえって
相反地。反而。

身上
しんしょう
財產。家業。家產。

呑気
のんき
無憂無慮。從容不迫。不慌不忙。粗心大意。

身勝手
みがって
自私。任性。只顧自己方便。

囲う
かこう
圍起來。貯存。隱匿。

図星
ずぼし
靶心。企圖。要害。心事。

取り柄
とりえ
長處。優點。可取之處。

糺す
ただす
追究。盤查。查明。

固唾
かたず
屏息等待時嘴裡不自覺累積的口水。

◆八畫◆

忝い
かたじけない
非常感謝。

並製
なみせい
普通製品。一般製品。

押捺
おうなつ
蓋章。加蓋圖章。

卓袱
しっぽく
八仙桌。湯麵。滷麵。

拍子木
ひょうしぎ
兩根相碰後會發出響聲的四方體木頭。梆子。

拘らず

かかわらず

儘管。不論。不管。

泥障

あおり

馬鞍上的小障泥。

放っとく

ほっとく

置之不理。

物心

ものごころ

懂事。懂人情世故。

昂まる

たかまる

提高。高漲。增長。興奮。

空々しい

そらぞらしい

明顯是假的。顯然缺乏誠意。假裝不懂。佯作不知。

果敢無い

はかない

短暫。變幻無常。虛幻。不可靠。可憐。悲慘。

空頼み

そらだのみ

瞎盼望。空指望。白指望。

松茸狩り

まつたけがり

採松菇。

糾う

あざなう

捻。搓。

糾す
ただす

追究。盤查。查明。

金輪際
こんりんざい

大地的底層。無論如何也不。

肯綮
こうけい

關鍵。要點。要害。

金気臭い
かなけくさい

有鐵銹味。

軋む
きしむ

拉門、拉窗壞了不好拉動。物體摩擦吱吱作響。

阿片
あへん

鴉片。

返り咲き
かえりざき

一年內再度開花。東山再起。

阿漕
あこぎ

貪得無厭。厚臉皮。

金蔓
かねづる

生財之道。資金供給者。

青写真
あおじゃしん

藍圖。初步計劃。

呟き

つぶやき

嘟噥。怨言。牢騷。

厚手

あつで

厚的東西。

拠る

よる

根據。按照。憑藉。

垣間見る

かいまみる

窺視。偷看。

歩留まり

ぶどまり

成品與原料的比例。原材料利用率。

建前

たてまえ

方針。原則。主張。上樑（建築儀式）。

◆九 畫◆

思しい

おぼしい

可能是。大概是。

則る

のっとる

效法。遵照。根據。

拱く

こまねく

拱手。袖手。束手。

施錠

せじょう

上鎖。加鎖。

柿渋

かきしぶ

柿漆。

殆ど

ほとんど

大部分。大體上。大概。幾乎。差一點。

流石

さすが

真不愧是。的確。雖然～但是。就連。甚至。

派手

はで

華麗。鮮豔。服裝花俏。浮華。生活闊綽。

為体

ていたらく

狼狽貌。難看的樣子。

相身互い

あいみたがい

互相照顧。互相幫助。同病相憐。

相俟つ

あいまつ

相輔。

相殺

そうさい

債權債務相抵。優點和缺點、功過相抵。

相棒

あいぼう

夥伴。同夥。

相槌

あいづち

隨聲附和。

胡座

あぐら

盤腿坐。

相応しい

ふさわしい

相稱。適合。

胡麻化す

ごまかす

蒙混。欺瞞。掩蓋。搗鬼。弄虛作假。

穿る❶

ほじくる

挖。摳。追根究底。

胡乱

うろん

胡亂。草率。可疑。

穿る❷

ほじる

挖。摳。追根究底。

苦汁

にがり

鹵水。鹽鹵。

背負い子

しょいこ

背薪柴等用的框架。背架。馬架子。

若気

わかげ

年輕人的朝氣。血氣方剛。

苟も
いやしくも

假如。既然。萬一。

俤
おもかげ

面貌。跡象。風貌。

音頭
おんど

帶頭唱。集體舞蹈。發起人。

発足
ほっそく

開始活動。出發。動身。

風合
ふうあい

紡織品的手感。

◆十 畫◆

食み出す
はみだす

溢出。擠出。露出。超出限度。超出範圍。

容喙
ようかい

插嘴。多嘴多舌。從旁干涉。

昵懇
じっこん

親密。親近。

息む
いきむ

憋足氣用勁。使勁。鼓起勁來。振奮起來。

挽く
ひく

拉（鋸子）。鋸。

益体
やくたい

有用。

料簡
りょうけん

不好的想法。念頭。主意。寬恕。斟酌處理。

真っ二つ
まっぷたつ

兩半。

根負け
こんまけ

堅持不下去。拗不過。

真似
まね

仿效。模仿。愚蠢的舉止、動作。

桁外れ
けたはずれ

相差懸殊。格外。異常。

神々しい
こうごうしい

莊嚴。神聖。

狼狽える
うろたえる

驚惶失措。

紛う
まがう

疑似。宛如。錯認。分辨不清。混雜難分。

荒む

すさむ

自暴自棄。氣餒。頹廢。

討手

うって

參加討伐的人。追捕者。

起請

きしょう

呈請書。向天發誓。

起請文

きしょうもん

誓詞。

逆上せる

のぼせる

上火。沉溺。昏頭腦脹。興奮的暈頭轉向。

高飛車

たかびしゃ

高壓。強橫。以強勢壓人。

怺える

こらえる

忍耐。忍受。忍住。容忍。寬恕。

挙って

こぞって

全部。全都。

挙句

あげく

最後。最終。結果。

◆十一畫◆

勘定
かんじょう
計算。估計。算帳。帳款。考慮。顧及。

勘所
かんどころ
要點。關鍵。絃樂器的指板。

勘当
かんどう
斷絕父子關係。斷絕師徒關係。

啖呵
たんか
言詞鋒利的話語。

婉曲
えんきょく
婉轉。委婉。

寄る
よる
靠近。挨近。預料到。集聚。順路。傾向。

強張る
こわばる
發硬。變硬。

彩る
いろどる
上色。點綴。化粧。

得手
えて
擅長。拿手。

得体
えたい
本來面目。

御中

おんちゅう

公啟，寫給公司、學校、機關團體的書信。

御祓箱

おはらいばこ

解雇。免職。清理廢品。

御四季施

おしきせ

照慣例給的東西。

御道化者

おどけもの

作蠢事的人。蠢才。混蛋。

御伽話

おとぎばなし

童話。故事。

悉く

ことごとく

所有。全部。全都。一切。

御見逸れ

おみそれ

相遇時沒認出來。沒想起來是誰。有眼不識泰山。

惚気る

のろける

津津樂道地談自己跟愛人的無聊色情事。

御法度

ごはっと

禁令。禁止。不許。

掉尾

ちょうび

最後。最後的幹勁。

掏る

すろ

扒竊。

荷担

かたん

支持。袒護。參與。

殺ぐ

そぐ

削薄。削尖。削掉。消減。頭髮削薄。

蛇腹

じゃばら

蛇紋管。飛簷。

粗方

あらかた

大部分。幾乎全部。大致。大體上。

被る *

こうむる

蒙受。遭受。招致。惹起。

粗品進呈

そしなしんてい

敬贈菲儀。

訛り

なまり

發訛音。發鄉音。帶地方口音。

粗筋

あらすじ

概略。概要。

訛る

なまる

發訛音。發鄉音。帶地方口音。

＊也可寫做「蒙る」。

逐電

ちくてん

逃跑。逃之夭夭。

谺

こだま

回聲。反響。樹林裡的精靈。

都合

つごう

某種情況。原因。方便。合適與否。機會。湊巧。

◆十二畫◆

都度

つど

每次。每逢。

傀儡

かいらい

傀儡。木偶。

亀趺

きふ

刻成龜形的碑石。

最寄り

もより

附近。就近。最近。

経木

きょうぎ

薄木片。薄木紙。

堪能

たんのう

擅長。熟練。精通。十分滿足。

就中

なかんずく

特別。尤其。

無卦

むけ

厄運。運氣不好。

嵌まる

はまる

正合適。吻合。陷入。掉進。

無造作

むぞうさ

容易。輕而易舉。簡單。漫不經心。草率。

棒引き

ぼうびき

劃一條豎線。銷帳。一筆勾銷。

然らずんば

しからずんば

不然。不然的話。

減張

めりはり

增強與減弱。伸縮。迅速判斷。果斷地處理事務。

買控

かいびかえ

因時機不到而不買。觀望。

湛える

たたえる

液體裝滿。充滿。滿面。

逸らす

そらす

把視線、方向移開。錯過。岔開話題。

毳
けば
紙或布面上的細毛。絨毛。

犇く
ひしめく
人群擁擠。板子等壓得吱嘎吱嘎響。

筈
はず
箭尾。應該。理應。

覚束無い
おぼつかない
可疑。靠不住。沒把握。不穩當。

満更
まんざら
並不完全。不一定。

御免蒙
ごめんこうむる
允許。許可。

滞る
とどこおる
堵塞。拖延。耽擱。遲誤。拖欠。

◆十 三 畫◆

焼き鏝
やきごて
烙鐵。熨斗。

填まる
はまる
套上。正合適。吻合。陷入。

惹かれる
ひかれる

被吸引住。

瑞々しい
みずみずしい

新鮮。嬌嫩。水潤。

惹く
ひく

引誘。吸引。

落書き
らくがき

亂寫亂畫。塗鴉。

新所帯
あらじょたい

新組成的家庭。新婚家庭。

賄う
まかなう

供應。供給。供應伙食。維持。處置。籌措。

暇潰し
ひまつぶし

消遣。消磨時間。浪費時間。

遊び
すさび

消遣。排遣。慰籍。消磨時間。

暖気
のんき

無憂無慮。從容不迫。不慌不忙。粗心大意。

預かる
あずかる

收存。保管。管理。處理。保留。暫不解決。

飽き性
あきしょう
沒常性。易變的性格。動不動就厭煩的性格。

◆十四畫◆

馴染む
なじむ
熟識。熟悉。適應。融合。

嘗て
かつて
曾經。以前。至今從未。從來沒有。

馴々しい
なれなれしい
親密。熟識而不拘禮節。

夥しい
おびただしい
很多。大量。非常。很厲害。

椿事
ちんじ
偶發事故。奇禍。

態と
わざと
故意地。特意地。有意。

数奇
さっき
命運坎坷。不幸。

暢気
のんき
無憂無慮。從容不迫。不慌不忙。粗心大意。

漆喰

しっくい

砂漿。灰漿。灰泥。

寛ぐ

くつろぐ

身心舒暢。不拘禮節。輕鬆地休息。

認める

したためる

寫。吃。整理。處置。準備。

歴とした

れっきとした

明顯。家世、身分等的名望高。了不起。

賑わう

にぎわう

熱鬧。繁華。興旺。擁擠。

隠栖

いんせい

隱居。

賑々しい

にぎにぎしい

非常熱鬧。

駄物

だもの

劣等貨。粗劣的東西。不值錢的東西。

魁

さきがけ

先鋒。先驅。領先。帶頭。

駄洒落

だじゃれ

無聊的笑話。拙劣的詼諧。

◆十五畫◆

諸訳
しょわけ

種種情況。複雜情況。

億劫
おっくう

嫌麻煩。懶得做。慵懶。不起勁。

質す
ただす

詢問。問。

影法師
かげぼうし

人影。影子。

親骨
おやぼね

扇子兩邊的大扇骨。

潤びる
ほとびる

因含水分而膨脹。泡開。

縁る
よる

取決於。要看～。憑～。

熟す
こなす

掌握。運用自如。善於。

縁起物
えんぎもの

象徵吉祥的東西。

頬被り

ほおかぶり

用手巾等包住頭和臉。假裝不知道。若無其事。

◆十六畫◆

儚い

はかない

渺茫。虛幻。不可靠。無常。可憐。

懐く

なつく

親近。接近。依戀。馴服。使人喜歡接近。

◆十七畫◆

謗法

ほうぼう

不合理的事。

縺れる

もつれる

糾纏。糾紛。糾葛。語言或動作不靈活。

◆十八畫◆

贅沢

ぜいたく

奢侈。鋪張。浪費。奢望。過分要求。

擽ったい

くすぐったい

癢。酥癢。發癢的。難為情的。

P
A
R
T

4

四字熟語・三字熟語・
諺語・慣用語

四字熟語

一刀三礼
いっとうさんらい

在雕刻佛像時，每刻一刀行禮三次。

一張一弛
いっちょういっし

一張一弛。時而嚴格時而寬大。

一切合財
いっさいがっさい

全部。所有一切。

一粒万倍
いちりゅうまんばい

一本萬利。

一日千秋
いちじつせんしゅう

一日不見如隔三秋，比喻非常想念。

一期一会
いちごいちえ

一生只遇一次。

一汁一菜
いちじゅういっさい

一湯一菜。粗茶淡飯。

一朝一夕
いっちょういっせき

一朝一夕。一年半載。

一言居士
いちげんこじ

事事都要提出自己意見的人。

一蓮托生
いちれんたくしょう

同生共死。

一攫千金

いっかくせんきん

一下子發大財。

二度手間

にどでま

兩遍功夫。兩遍事。

一顰一笑

いっぴんいっしょう

一顰一笑。表情的變化。

八面六臂

はちめんろっぴ

三頭六臂。

七転八倒

しちてんばっとう

一次又一次地倒下。亂滾。

八紘一宇

はっこういちう

普天之下。全世界。

二束三文

にそくさんもん

一文不值。非常便宜。

十人十色

じゅうにんといろ

十個人十個樣。每個人的想法、性格各不相同。

二股膏薬

ふたまたごうやく

牆頭草。

十中八九

じっちゅうはっく

十之八九。幾乎。

四字熟語

三位一体
さんみいったい

三位一體。三者同心協力。

不承不承
ふしょうぶしょう

勉強答應。

三拝九拝
さんぱいきゅうはい

三拜九叩。

不撓不屈
ふとうふくつ

不屈不撓。

千載一遇
せんざいいちぐう

千載難逢。

不倶戴天
ふぐたいてん

不共戴天。

大盤振舞
おおばんぶるまい

盛宴。盛情款待。慷慨大方地饋贈東西。

中肉中背
ちゅうにくちゅうぜい

不胖不瘦不高不矮。

女人禁制
にょにんきんぜい

禁止婦女進入。

五分五分
ごぶごぶ

雙方不分上下。

切磋琢磨

せっさたくま

切磋琢磨。

文人墨客

ぶんじんぼっかく

文人墨客。

切歯扼腕

せっしやくわん

咬牙切齒。

片言隻語

へんげんせきご

隻字片語。

天手古舞

てんてこまい

手忙腳亂。忙得不可開交。樂得手舞足蹈。

牛頭馬頭

ごずめず

牛頭馬面。

天地開闢

てんちかいびゃく

開天闢地。

他言無用

たごんむよう

不能告訴別人。

手練手管

てれんてくだ

指男女間使用甜言蜜語、犧牲色相等的花招。

右顧左眄

うこさべん

左顧右盼。躊躇不決。

四字熟語

四六時中
しろくじちゅう

一天到晚。經常。

玉石混淆
ぎょくせきこんこう

魚目混珠。

四方山話
よもやまばなし

東拉西扯地閒聊。

生真面目
きまじめ

一本正經。過於耿直。非常認真。

四通八達
しつうはったつ

四通八達。

田夫野人
でんぷやじん

沒有修養的鄉下人。

左顧右眄
さこうべん

左顧右盼。躊躇不決。

石部金吉
いしべきんきち

死腦筋的人。

打々発止
ちょうちょうはっし

刀劍互擊聲。鏗鏘。

名誉毀損
めいよきそん

破壞名譽。

合従連衡

がっしょうれんこう

合縱連橫。

有職故実

ゆうそくこじつ

研究古代典章制度的學問。

吃驚仰天

びっくりぎょうてん

大吃一驚。

老少不定

ろうしょうふじょう

黃泉路上無老少之分。

因果応報

いんがおうほう

因果報應。

老若男女

ろうにゃくなんにょ

男女老少。

有為転変

ういてんぺん

世事變幻無常。

自己嫌悪

じこけんお

自我憎惡。

有象無象

うぞうむぞう

森羅萬象。不三不四的人。

自縄自縛

じじょうじばく

作繭自縛。自作自受。

四字熟語

余裕綽々
よゆうしゃくしゃく

從容不迫。

乳母日傘
おんばひがさ

嬌生慣養。

冷汗三斗
れいかんさんと

慚愧萬分。

侃々諤々
かんかんがくがく

直言不諱。直話直說。

判官贔屓
ほうがんびいき

對弱者表示同情。

呵々大笑
かかたいしょう

哈哈大笑。

妖怪変化
ようかいへんげ

妖魔鬼怪。牛鬼蛇神。

和気藹々
わきあいあい

一團和氣。和樂融融。

杓子定規
しゃくしじょうぎ

死板的規矩。墨守成規。

明眸皓歯
めいぼうこうし

明眸皓齒。

欣喜雀躍

きんきじゃくやく

欣喜雀躍。

佶屈聱牙

きっくつごうが

詰屈聱牙。比喻深奧難懂。

物見遊山

ものみゆさん

遊山玩水。

首鼠両端

しゅそりょうたん

首鼠兩端。形容躊躇不決。

狐疑逡巡

こぎしゅんじゅん

狐疑不決。

容貌魁偉

ようぼうかいい

身材魁梧。

臥薪嘗胆

がしんしょうたん

臥薪嘗膽。

疲労困憊

ひろうこんぱい

精疲力盡。疲憊不堪。

青息吐息

あおいきといき

長籲短歎。

胸突八丁

むなつきはっちょう

山路險峻難行之處。事情完成之前最痛苦的時期。

四字熟語

荒唐無稽
こうとうむけい

荒誕無稽。

現世利益
げんせりやく

因信仰神佛，在現世得到的利益。

乾坤一擲
けんこんいってき

孤注一擲。

異口同音
いくどうおん

異口同聲。

御目見得
おめみえ

拜會。試做工作。與觀眾初次見面。

規矩準縄
きくじゅんじょう

規矩準繩。

悠々自適
ゆうゆうじてき

悠然自得。

傍目八目
おかめはちもく

旁觀者清。

悠々閑々
ゆうゆうかんかん

悠閒。

傍若無人
ぼうじゃくぶじん

旁若無人。

喧々囂々

けんけんごうごう

吵吵鬧鬧。喧囂。喧嚷。

跳梁跋扈

ちょうりょうばっこ

橫行跋扈。

尊王攘夷

そんのうじょうい

尊王攘夷。

運否天賦

うんぷてんぷ

聽天由命。

順風満帆

じゅんぷうまんぱん

一帆風順。

頑迷固陋

がんめいころう

頑固不化。

極楽蜻蛉

ごくらくとんぼ

遊手好閒的人。逍遙自在的人。

慇懃無礼

いんぎんぶれい

貌似恭維，心實輕蔑。

毀誉褒貶

きよほうへん

毀譽褒貶。各種評判。

罵詈讒謗

ばりざんぼう

惡言中傷。

四字熟語

曖昧模糊
あいまいもこ

模稜兩可。

団塊世代
だんかいせだい

團塊世代。日本1947至1949年出生率最高時期出生的人。

闊歩横行
かっぽおうこう

任意而為。

廃仏毀釈
はいぶつきしゃく

排佛毀寺。破壞寺院。

臍下丹田
せいかたんでん

臍下丹田，身心精氣聚集的地方。

悪口雑言
あっこうぞうごん

百般辱罵。

鎧袖一触
がいしゅういっしょく

不費吹灰之力即可擊潰敵人。

斎戒沐浴
さいかいもくよく

齋戒沐浴。

髀肉之嘆 *
ひにくのたん

髀肉復生之歎。

猪突猛進
ちょとつもうしん

莽撞。

＊髀：大腿。

画竜点睛

がりょうてんせい

畫龍點睛。

隠忍自重

いんにんじちょう

隱忍自重。

愛別離苦

あいべつりく

和所愛的人生離死別。

真平御免

まっぴらごめん

請饒恕。請原諒。

三字熟語

一家言

いっかげん

獨到之見。獨樹一幟的主張。

二枚舌

にまいじた

說謊。說話前後不一致。

子煩悩

こぼんのう

溺愛孩子的人。為子女操心。

友白賀

ともしらが

象徵白頭偕老的麻線。

天王山

てんのうざん

決定勝負的關鍵所在。

三字熟語

生兵法
なまびょうほう

一知半解的知識。

美人局
つつもたせ

美人計。

皮算用
かわざんよう

不可靠的算盤。打如意算盤。

素寒貧
すかんぴん

赤貧。一貧如洗。窮光蛋。

耳学問
みみがくもん

道聽塗說之學。一知半解的學識。

茶飯事
さはんじ

司空見慣的事。常有的事。

奇天烈
きてれつ

非常稀奇古怪。

強談判
こわだんぱん

強硬的談判。

居丈高
いたけだか

盛氣淩人。猖狂。

間一髪
かんいっぱつ

千鈞一髮。險些。

運鈍根

うんどんこん

順從命運、有毅力、不露鋒芒，是成功的三要素。

居心地

いごこち

身在某個場所或地位時的心情與感覺。

醍醐味

だいごみ

深奧的妙趣。雅趣。

依怙地

いこじ

頑固。固執。執拗。彆扭。

檜舞台

ひのきぶたい

柏木板舖成的舞臺。大顯身手的好場所。

几帳面

きちょうめん

規矩。一絲不苟。嚴格。周到。

絵空事

えそらごと

幻想圖。虛構。誇張。

感無量

かんむりょう

感慨不已。感慨萬千。

遅知恵

おそぢえ

馬後炮。智力發育晚。

助太刀

すけだち

幫手。幫助。

三字熟語

大黒柱
だいこくばしら

家庭或國家可仰靠的重要人物。房子的主要支柱。

雰囲気
ふんいき

氣氛。氛圍。

丼勘定
どんぶりかんじょう

帳務管理的一塌糊塗。

眉唾物
まゆつばもの

不可輕信的事物。令人懷疑。

生半可
なまはんか

未成熟。不熟練。不充分。不徹底。

老婆心
ろうばしん

過份親切之心。婆心。懇切之心。

並大抵
なみたいてい

普通。尋常。一般。

袋小路
ふくろこうじ

死胡同。死路。無進展。一籌莫展。

諺語・慣用語

一か八か

いちかばちか

孤注一擲。聽天由命。碰運氣。

十把一絡げ

じっぱひとからげ

不分青紅皂白。全都放在一起。

一挙手一投足

いっきょしゅいっとうそく

一舉一動。輕而易舉。

出藍の誉れ

しゅつらんのほまれ

青出於藍更勝於藍的聲譽。

二進も三進も

にっちもさっちも

一籌莫展。寸步難行。陷入困境。

刎頸の友

ふんけいのとも

刎頸之交。生死之交。

八方塞がり

はっぽうふさがり

走投無路。到處碰壁。

竹馬の友

ちくまのとも

青梅竹馬。

十年一日の如し

じゅうねんいちじつのごとし

十年如一日。

竹篦返し

しっぺいがえし

立即還擊。馬上報復。

諺語・慣用語

色仕掛け

いろじかけ

美人計。

門前払い

もんぜんばらい

閉門羹。

忘れ形見

わすれがたみ

遺物。遺孤。遺腹子。

俚諺

りげん

方言。俗語。俚語。土話。

我利我利亡者

がりがりもうじゃ

極端自私自利的人。貪得無厭的人。

指呼の間

しこのかん

呼之可聞的距離。近在咫尺。

拍子抜け

ひょうしぬけ

敗興。失望。掃興。沮喪。

案の定

あんのじょう

果然。果如所料。

虱潰し

しらみつぶし

毫不遺漏地一一處理。

烏合の衆

うごうのしゅう

烏合之眾。

鸚鵡返し

おうむがえし

鸚鵡學舌。人云亦云。

御の字

おんのじ

夠好了。夠滿足。

梨の礫

なしのつぶて

杳無回音。石沈大海。

壺中の天地

こちゅうのてんち

別有洞天。仙境。

塞翁が馬

さいおうがうま

塞翁失馬。

諺

ことわざ

諺語。俗語。

鯉の滝登り

こいのたきのぼり

鯉魚躍龍門。

鵜の目鷹の目

うのめたかのめ

用銳利的目光尋找。虎視眈眈。

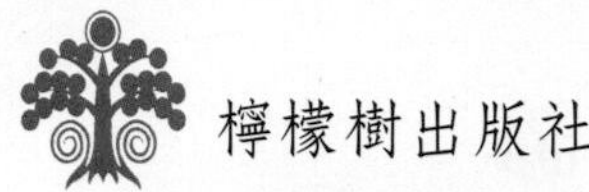

赤系列 03

容易誤用、誤讀的疑難漢字 3700

2008 年 10 月初版

發行人／江媛珍
出版者／檸檬樹國際書版有限公司 檸檬樹出版社
地址／台北縣 235 中和市中和路 400 巷 31 號 2 樓
電話／02-2927-1121 傳真／02-2927-2336
E-mail／lemontree@booknews.com.tw
社長兼總編輯／何聖心
日文主編／連詩吟
執行編輯／廖國卉
助理編輯／林立文
會計行政／方靖淳
法律顧問／第一國際法律事務所 余淑杏律師

代理印務及全球總經銷／知遠文化事業有限公司
地址／台北縣 222 深坑鄉北深路三段 155 巷 23 號 5 樓
電話／02-2664-8800 傳真／02-2664-8801
網址／www.booknews.com.tw 博訊書網

港澳地區經銷／和平圖書有限公司
地址／香港柴灣嘉業街 12 號百樂門大廈 17 樓
電話／(852)2804-6687 傳真／(850)2804-6409

劃撥帳號／19726702
劃撥戶名／檸檬樹國際書版有限公司
＊ 單次購書金額未達 300 元，請另付 40 元郵資
＊ 信用卡／劃撥購書需 7-10 個工作天

本書作者　江麗臨

東京學藝大學教育學碩士，
中日版權交易 25 年資歷的日語達人！

1956 年，出生於中國上海。
1978 年，畢業於華東師範大學日語學系，並任該校講師。
1987 年，赴日取得東京學藝大學教育學碩士學位。
1990 年，進入日本東販股份有限公司，於海外事業部負責日本與台灣、中國大陸的版權業務。
2004 年 12 月，在日本成立「大江社」，繼續從事版權貿易。

著作：

★ 日本語漢字用語速查手冊（檸檬樹出版）
常用中日汉字词语对照辞典（北京大學出版社）
日中常用語早引き辞典（日本明日香出版社）

★ 日文書信手冊
繁體版-鴻儒堂出版
簡體版-上海交通大學出版社

★ 說一口道地日語
繁體版-商周出版
簡體版-大連理工大學出版社

★ たった2文字でラクラク覚える中国語会話
（日本旭屋出版）
